青春的述说·90后校园文学精品选

高长梅　尹利华　主编

神的孩子在跳舞

孙畅　著

九州出版社　JIUZHOUPRESS｜全国百佳图书出版单位

图书在版编目（CIP）数据

神的孩子在跳舞/孙畅著. —北京：九州出版社，2014.3
（2021.7重印）

（青春的述说：90后校园文学精品选/高长梅，尹利华主编）

ISBN 978-7-5108-2768-6

Ⅰ.①神⋯　Ⅱ.①孙⋯　Ⅲ.①散文集–中国–当代②小说
集–中国–当代　Ⅳ.①I217.2

中国版本图书馆CIP数据核字（2014）第041899号

神的孩子在跳舞

作　　者	孙　畅　著
出版发行	九州出版社
地　　址	北京市西城区阜外大街甲35号（100037）
发行电话	（010）68992190/3/5/6
网　　址	www.jiuzhoupress.com
电子信箱	jiuzhou@jiuzhoupress.com
印　　刷	北京一鑫印务有限责任公司
开　　本	710毫米×1000毫米　16开
印　　张	8.5
字　　数	131千字
版　　次	2014年5月第1版
印　　次	2021年7月第7次印刷
书　　号	ISBN 978-7-5108-2768-6
定　　价	32.00元

前言

　　随着中小学课程改革的进一步深入，我们欣喜地看到，许多学校的校长、教师对校园文学与课程建设、学校文化建设紧密关系的认识，上升到前所未有的高度。

　　有识之士认为，校园文学对于学生完善自我、陶冶心灵、挖掘情商、启迪智慧，培养想象力和创新精神，具有其他教育形式不可替代的作用。作为学校教育重要形式和载体的校园文学，在学校的课程中得到了充分体现，占有了一席之地。

　　我们更欣喜地看到，许多学校在校园文学作品进入阅读教材、校园文学创作融入写作教学等方面做了大量行之有效的探索。他们认为，阅读教材中引进校园文学作品，使阅读教学内容更加丰富、新颖，贴近学生的生活、思想和鉴赏兴趣。紧密联系校内外各种实践活动，创造契机，搭建平台，让学生适当进行课外的文学创作，使课内外写作结合，促进了写作教学改革。

正如《第三届全国校园文学研究高峰论坛宣言》所说的那样：校园文学走进课程，是语文学科建设和改革的重要抓手，有助于学生综合素质的培养、语文教学效率的提高、语文教师专业化水平的提升以及整个语文学科的改革发展。

这套 10 本校园文学作品集，作者都是 90 后，他们的生活、他们的思想、他们的情感，与现在的 90 后乃至 00 后读者是相通的。我们相信，这些作品会和这些读者产生共鸣，从而达到我们出版这套书的目的——为读者提供一套他们真正感兴趣的、接地气的作品。

目录

第一辑　当时的月亮

目录

第三辑 背对着冬天

目录

第四辑　岁月里的守望者

第一辑

当时的月亮

卦

一

我妈喊我回家吃饭的时候，红艳正把路边的一个易拉罐踢得震天响，她看着我傻笑，露出参差不齐的一口黄色的牙齿。然后她继续往前跑，似乎这易拉罐被虐待的声音给了她一点激情——就像过年时放的鞭炮一样。她的两条腿左右摇晃，姿势像一只往前跑的螃蟹，但由于右腿的缺陷，这只"螃蟹"每走一步右脚都会陷入"沙滩"，深一脚浅一脚。我冲她喊，我回家吃饭去了，她这才停下来，回过头冲我傻笑。

"你——回家——吃饭去吧。"她说着，随手擦一下口水，然后继续去追赶她的鞭炮去了。她污迹斑斑的袖子摇摇摆摆，跑过的地方扬起一路的尘土。

我回到家，看见我爸盘腿坐在炕上，饭桌上意外地放着一瓶老白干。我妈进屋就开始和我爸抱怨，说我又去和那个傻子玩，都十七了，没出息。我爸听了示意我上炕吃饭，然后瞪了我妈一眼。我看见了，他的眼神里有种"别乱说话"的意味。我妈没有反驳，立刻乖乖上炕吃饭。

我爸喝了一小口白酒，抿抿嘴，好像这东西非得仔细品味才不算浪费。然后他夹了一大口菜塞进嘴里。

"儿子啊，你今年多大了？"他看着我说，筷子上还粘着菜叶。

"十七。"我说。

"还有一年就成年喽。岁月不饶人啊。"他感叹着，然后往我碗里夹菜。

"是啊，一晃眼就十七了。唉……"我妈也说着。她低下头，我看到她好像要哭了。

"啪"的一声，我爸把筷子摔了。"哭什么哭！"这一声比刚才红艳踢易拉罐的声音还响，吓了我一跳。

我妈瞬间就不哭了。

我说我吃饱了，我去找红艳玩了。我爸说："去吧去吧，和她好好玩。"我跳下炕，急急忙忙地跑出屋，我想看看红艳把那个易拉罐怎么了。她追了一路肯定很累，我去接替她继续踢。

我家的房子在村中央，所以在傍晚时分很容易就能看见纷纷扬扬的炊烟，那炊烟像是黄昏给村子披上的一层白纱。有一次红艳还问我："那些白色的东西，能吃吗？"我猜她也许把炊烟当成牛奶了吧。她觉得白色的、柔软的、丝丝滑滑的东西都能吃。那时候我十岁，也不大知道，只知道那不是牛奶，牛奶是像水一样会淌的东西，虽然炊烟也淌，可它是淌在天空上的，和牛奶不一样。然后我们就去问了傻强，他那时候三十岁，告诉我们那可不是牛奶，更不能吃，然后冲我们俩傻笑。我们觉得傻强真是渊博，就是大人口中的"什么都知道"。可是直到我十五岁才知道，原来傻强之所以叫傻强，就是因为他傻。可在我们还小的时候，感觉他就是什么都知道的。

我在去找红艳的路上碰见了傻强，他提着一瓶啤酒往家走，他家只有他和他妈，还有一个在城里成家的哥哥。

我说，傻强你又喝酒。他看见我，挥挥手里的酒瓶说："今天帮老李家干活，人家给我的。"说完，他的表情美美的。我说，我去找红艳玩。他说："我吃完饭——也和你们玩。"然后他一颠一颠地回家了。傻强走起路来总是踮脚，探头探脑的。

我看见了红艳，她蹲在地上，在摆弄什么东西，肯定是那个易拉罐。我走近时才发现不是，那是一本书。我推推红艳，险些把她推倒。她抬头看看我，说："你看——书——书。"然后转过身递给我看。我也蹲下来了。我上过小学，看到上面写着两个字："诗集"。打开，里面是密密麻麻的字，好像搬家的蚂蚁。我可没兴趣看这些东西。我说："红艳，这是诗集。我们看不懂啊。你从哪弄来的？"她听了我的话，转过头看着远处，然后用手去指。我顺着她指的方向看去："是李学的？""是——李学的。"她听见我说对了，开心地拍手。

这时候傻强来了，天知道他怎么吃饭吃得这么快。他看见我们，也蹲了下来。我把手里的书拿给他看。他两眼放光，就好像红艳看着炊烟时的样子。"书又不能吃。"我打趣道。"这个，叠飞机最好玩了，'呼'的一声，飞机就飞啦。"我看见傻强眼睛里的兴奋，也蠢蠢欲动了。红艳也卖力地点头，本来不规矩的头发都抖下来了。

我们正准备把书撕了的时候，一群上初中的小孩子不知道从哪过来了。我看见为首的李翔，他总是和我们作对。

他们有组织地大喊："看喽，快来看，三个傻子一起叠飞机啦，用的还是另一个傻子李学的书！"然后他们一群人嬉笑着跑开了。

红艳被吓得哇哇大哭，事实上，她每次看见李翔都哭，她很害怕他。傻强站起来捡了一块石子扔了出去，什么也没打到。每次李翔一群人和我们作对的时候，都是傻强用石头赶他们，因为他力气大。我安慰她说，没事红艳，我们明天叠很多飞机，气死他们。红艳听了我的话就不哭了。她气愤地看着远处，说："气——气死他们！"然后做出气愤的表情，鼻子和眼睛噼在一块。

当天晚上我做了个梦，梦里面满天都是飞机，它们把天空遮住了。梦里红艳却哭了，她说飞机没了飞机没了。我妈站在一旁说，真好，这一下把老天都挡住了，这样老天就伸不出手摆弄人们的命运了。

二

原先，在我们村里有三个傻子。隔壁的刘神婆说，她给我算卦的时候，我九岁。因为我有一天吃了八碗饭还叫饿，我妈就带我去了刘神婆家。屋子里只有我和她，她长得很吓人，脸颊都凹下去了，脸上还能看见静脉，好像一只怪物。她弯着腰，围着我转，慢慢地，吓得我魂飞魄散。她摇摇头，叫来在门外等着的我爸我妈，说："准备一下，你儿子的问题很大，要算卦请神。你也知道，咱们村已经有三个傻子了。"我妈当时就哭了。因为村子里的三个傻子，都是刘神婆算出来的。

随后我妈花了大价钱请来了隔壁村的一个男人，作为请神的助手。消息也在全村里传开了，大家纷纷在请神那天赶来，挤满了刘神婆的屋子。刘神婆请神前最后一句话说："你们都别出声，神，喜欢清静。"她那样子就好像一个鬼。

我坐在刘神婆准备好的桌子前面。桌子是临时放的，桌子对面的墙上贴着一张黄纸，密密麻麻地写着字，当时我才上二年级，根本不认识。我害怕，就闭着眼睛。刘神婆的助手推推我，示意我睁开眼睛。我只能看着刘神婆，身体在哆嗦。

刘神婆把头发散开了，她那样更像鬼了，眼睛也滴溜溜地转。然后那个助手开始拍桌子，有节奏地，旁边还有一个人在打一面小鼓，梆梆的。刘神婆按着节奏开始摇起脑袋，头发间或打在我脸上，吓得我都哭了。然后她唱起歌，那也不算歌吧，是像咒语一般的东西。然后她突然坐定，声音戛然而止。现场的人都看着她，她则盯着我，眼睛毫无生气，涣散地像是死人的眼睛。这时那个打鼓的男人说："猪神来了，猪神来了。"然后拿来一瓢泔水。刘神婆看都没看，一口喝下去。我看着她喝下那一瓢泔水，酸水在胃里翻滚。不少现场的人都转过头，觉得恶心。她喝完，嘴角还粘着菜叶，随后哆嗦一下。那个敲鼓的人和助手相视一下，继续打起节奏来。这次请来的是蛇神。刘神婆在我面前吞了生鸡蛋，然后眼睛突然有了生色，可瞬间又消逝了。她的头突然耷拉下去，就像死了一样，不一会儿又抬了起来。现场的人长出一口气。大家都知道，算卦请神结束了。

我妈立马走上前把我拥在怀里，她知道我被吓坏了。那一刻我觉得自己的魂魄被刘神婆抽走了，身体轻飘飘的，我倒在我妈怀里才缓过来。村主任也走过来问情况怎么样。刘神婆什么也没说，擦擦嘴，转身又拿起抹布擦擦手，说："活到十八岁，只能活到十八岁。"然后就把人们赶出去了。

我听见了，她说我只能活到十八岁。我感觉我妈的身体瞬间凉了，她的眼泪滴到我的脸上，我拿手抹去，我说妈你眼泪都掉我脸上了。她没说话，用手急急忙忙地抹去。她的手很粗糙，抹在我脸上好像我摔倒在土路上脸蹭了地。

那时候我还小，对死没那么大的感知力。我对我妈说，死就死呗，然后冲我爸笑笑。我爸一脸严肃地看着我。我说，爸你也哭了，他这才意识到。

后来村里面的人都知道了，他们说我的命还不如那三个傻子，至少他们没我那么短命。对了，那三个傻子是红艳、傻强，还有我们村学历最高的李学。

其实李学不傻，是个聪明人，他考上大学的时候他爸在村里大摆宴席，全村吃了三天。他是我们村第一个考上大学的人，可是两年后他被退学了，天知道是怎么回事，据说是他自己在外面租房子写诗，想出书想到疯，最后因为太久不上课被学校退学。总之关于他的说法很多，比如在外面和人乱搞被学校抓住了。可我只相信他是写诗写疯了，这比较符合他的气质。他总是带着一个眼镜，满腹诗书的样子。村里人说他傻，但其实他不是傻子。但是红艳和傻强确实是，不知道这样说他们好不好。红艳父母近亲结婚，她生下来就是傻子，而且跛脚，身体不协调，口歪眼斜，说话断断续续，总流口水。傻强也是一样，不过好像病症比红艳轻，懂事，不过少根筋，还是比正常人缺心眼。自从我被刘神婆算出活不到十八岁，村里面就再没人跟我玩了，于是我和红艳、傻强走到了一起，当然还有李学。起初我爸我妈不让我和他们一起玩，后来他们似乎也觉得既然我活不了太久了，倒不如快快乐乐的，就允许我不再上学，每天和三个傻子一起玩。

这天我们三个去找李学，我们进屋的时候他正在写诗。他现在已经不和他爸妈一起住了，自己住在村头一所没人住的破房子里。他搬出家的那天，他的被是被他爸扔出来的。他笑笑，没说什么，找一口破锅，弄几块板子搭一张床就有个家。我们第一次到这个家的时候都很羡慕。我说我要是有这个家我就可以不用每天喝药了，我爸我妈不知道从哪弄来那些奇形怪状的药每天逼我喝。红艳都哭了，她的意思我明白，她要是有个自己的家，就可以不用忍受爸妈姐弟的白眼了。傻强倒是没说什么，因为他的家里只有他妈和他。他妈都快七十了，对他很好。

李学在写什么东西。我们凑近，他没遮掩，因为他知道我们看不懂。他问我们来干什么，我们就把书还给他了。我们刚知道那本书是李翔那群人偷来，随手扔给红艳的。傻强一颠一颠地，说："我们本来——本来还要叠飞机呢。"李学说："这是书，不能祸害书。"

我们四个坐在李学家的地上，整个房子里就没有空间了。我终于鼓起勇气问他："你为什么不上学了呢？"我的心里很害怕，怕他再也不和我们玩了。红艳也看着李学，直勾勾地，口水淌出来都没发现。傻强蹲在地上，还是一颠一颠的。

"因为我要写诗啊，上学写不好诗。这是我的理想。"李学想了想说。

只有我懂他是什么意思，红艳仍旧傻呵呵地看着李学，口水流成一条线。傻强也不懂，他才不知道什么是理想。

"不上学可惜喽，大学不好考哇。"我说。

他若有所思地看着我。"其实有些时候，你做的事，不一定要得到所有人的理解，相反，你要走自己的路，顺便看着别人诧异的眼神。他们不敢走出生命划好的阵营，所以他们一边感叹，一边咒骂，同时还一边嫉妒你。为什么很多时候不需要在乎别人怎么看呢？因为理想这东西，生命这东西，不是所有人都懂。他们不配。"

我摇摇头，同时身体闪到一边，因为我知道我一摇头，红艳也会不知所以地摇头，她的口水总是淋到我身上。

我不大懂。李学也知道自己说的太深了，对于我们三个来说。

"那你说，我是不是和别人不一样，我活到十八岁就要死了，死了就变成鬼了。"我说。

"谁说你只能活到十八岁，那个刘神婆就会装疯卖傻。"

"可是——她都喝——喝泔水了。那么大——一碗。"红艳说，还用手向两面伸张，比出那么一大瓢泔水。好吧，她其实对数量什么的没有多大感知能力。她这么一伸展，那条流成线的口水还是淋到我身上了。

"是啊，还有——还有生——生鸡蛋。"傻强也说话了。

"别听她胡言乱语！她能算出什么？命可不是她有权力算的。什么占卜、算卦，我都不信。你们也不准信。"

我们仨听了都点点头。我们一直都很听李学的话，因为他上过学，还知道什么是生命，什么是理想。我们就不知道。

三

傻强来找我的时候，我还在睡觉，我妈看见他进屋吓了一跳，因为他眼睛都哭红了。我妈把我叫醒，我早饭都没吃，就跟他出去了。我俩坐在门前的大树下。大树真大啊，我妈说这棵树已经几十岁了。

傻强还在用他那脏手抹眼泪。他说他哥回来了。我说："那还不好，给你带什么好吃的了？"

我看见他还在抹眼泪，脸都花了，像只花猫，就觉得不对劲。

"我听见他们——他们说话。他——他和我妈说，说——等我妈死了，就把房子卖了。然后把我——接城里去——干活。我妈——我妈都哭了。我不想进城——不想进城。

"我哥还说我是——傻子，说傻子——浪费了房子。"他还在哭。

我听了也不知是好是坏，进城了估计我就再也见不到傻强了。嗯，这么说来是坏事。

我妈也出来了。我和她说傻强的事，她也叹气。她说傻强进城肯定得去做苦活了，他嫂子不会同意养他的，估计就是为了骗房子，现在农村的房子也很贵，没准就不管他了呢。傻强听了我妈的话哭得更大声了，张开大嘴，鼻涕一把泪一把。

我拉起傻强跑去找李学，他肯定知道我们该怎么办。可是李学不在家，没人知道他去哪了。倒是在回来的路上我们碰见了红艳。

她在路上跑，她跑得跌跌撞撞，一瘸一拐。她妈在后面拿着笤帚追她。她看见我们就朝我们跑来。然后开始大哭。她妈大喊："你个傻子！又偷吃贡品！"说着拿起笤帚开始打她。红艳一边躲一边哭。每次被笤帚打在身上都"啪"的一声。

我们俩弄明白事情的起因就开始拉着红艳跑。红艳她妈气得直喘气，也追不上我们了。傻强跑得忘了哭。直到看见红艳她妈不再追了我们才停下来。红艳一边咽口水一边号啕大哭。她给我们看她胳膊上的红印子，都是被打的。傻强看着那些瘀青也跟着大哭，好像看见了自己到城里后的样子。我拿他俩没办法，就安静地看着。这时候李学走过来看到了我们。他皱着眉头把我们仨带到他家。我们又是把屋里挤得一点空间都没有了。

我说明他们俩的事，李学也叹了一口气。他仰头说了一句："假如生活欺骗了你。"我没听懂，他也没解释。

他给我们用他的锅做了吃的，红艳看见吃的立马不哭了，又开始流口水。傻强看见红艳不哭，他也不哭了。我们仨大口吃起来。李学依次摸我们的头。

吃饱之后我问："你今天干什么去了？"李学说去寄自己写的诗给杂志社。

听到"杂志社"三个字，红艳突然抬头看李学。

我无奈地说："不能吃。"她这才低下头。我和李学都笑了。

这一天晚上我们都住在了李学家。我们在地上铺了干草，并排睡在一起。

神的孩子在跳舞

夜里傻强好像做了噩梦，一直哆嗦。挨着他的红艳睡得也不踏实，偶尔轻声地支吾着什么。

李学出去尿尿，我也跟了出去，太挤了根本睡不着。

"生活，就是在疲惫中看出美感，可这未免太残忍了些。"他说。我在一旁听着，虽然听不懂，可我没问他。

"人们打捞过去，人们试探未来。人们拿着上帝的手，在自己脸上涂抹色彩。"他又说，然后带着我回去睡觉。

第二天早上我回家，看见我妈眼睛通红。她问我干什么去了。我说我们四个在李学家睡的。我妈听了叹了一口气，就去做饭了。

我对李学说要做一首诗的时候，他在一旁安安静静地听着。开始我就是想逗逗他，没想到他这么认真。于是我不得不仔细想一下说什么好。我的大脑空荡荡的什么都没有，就像天空。天空里除了流淌着白云就什么都没有了，对了还有鸟。我突然想起了漫天的飞机。

飞机，飞机
是魔鬼的手
我是魔鬼
遮住天空
遮住打捞不起的过去
遮住无法试探的未来
老天哭了
老天也傻了

我读完看着李学。其实我读的那是什么诗，我才不会写诗。可是李学的眼睛一直盯着我，我有点儿害怕。

他说："你说得真好。我们是魔鬼，我们被人说成魔鬼。扔出飞机遮挡老天的大手。真好，真好。"我根本听不懂他是什么意思。

009

第一辑　当时的月亮

四

在我十八岁的前两天，我妈给我买了蛋糕，我们三口人坐在炕上吃蛋糕。我知道他们的意思，没准我后天就死了，按照卦上说的不就是这样吗，我活不到十八岁。我爸吃蛋糕还喝白酒。他说，儿子，你也喝一口。我哆嗦着接过酒杯，好像接一杯毒药。我特别大胆地一口喝掉。那些透明的液体，根本就不是透明的，透明的东西怎么能像火呢。那团火顺着我的嗓子流进胃里，流到底的时候哗啦哗啦地燃起火苗，整个胃都热了。

我伸着舌头，哇啦哇啦叫着，就像一只狗。我爸我妈都笑了。我妈都笑出眼泪了。

我说能不能把蛋糕拿出一块给红艳和傻强吃。我妈说行。我妈和我一起去找红艳。红艳不在家，我们又去找傻强，傻强也不在家。最后我们只能回家了。我想第二天去找红艳和傻强，馋馋他俩，对了还有李学。

第二天的早上我是被鞭炮声震醒的。我走出院子，问我妈是怎么回事，我妈说是红艳出嫁了。我怔住。我妈说，红艳妈在隔壁村给她找了一个对象，是个瞎子，跟红艳配。

我随即跑了出去，我要去找红艳，她怎么能嫁人呢。我到她们家门口的时候，看见了红艳，她穿着红色的衣服，头上戴着一朵花，喜滋滋的，虽然还流着口水。她站在院子里，周围有很多人。她看见我就向我跑来，一瘸一拐的。

她说："我——我结婚啦。"我还是开心不起来。

她看我不高兴，急得直跺脚。我说："我开心，就是不知道你开不开心。"

"我——我——开心！"她说，说完还傻笑。

红艳出嫁了，在我十八岁前一天，好像是怕我第二天就不在了，让我知道她会很好。我妈后来跟我说，红艳命还不错，男方不错，家里有地，是独子，找不到媳妇，红艳和他都有毛病，没有谁亏谁赚，他会对红艳好的。

我听了我妈的话真为红艳高兴。那天村里放了很多鞭炮，红艳也如愿以偿地当了回主角。听说她吃了很多好吃的，可是她没吃到我的蛋糕。

我心里空落落的，去找傻强。他也很开心，他和我坐在大树下，说他妈和他说了，房子不卖，谁买也不卖。如果她死了，也不怕他哥来找，她把房产证缝进傻强衣服里了，那房子永远是傻强的。傻强笑得很开心。

这时候李学来找我。我总是觉得大家在最后一天都有好事发生，好像都是想给即将死去的我一个美好的念想。李学说他的诗发表了。

他看着我，知道我有些落魄，又把我和傻强拉进他家。我们再一次坐在地上。

"你不要信命，你不会死的。"他说。我没回应。

"你看我们，都说我们命不好，刘神婆的卦也是这么算的。我们还不是有好运。红艳嫁出去了，再不用忍受家里的白眼了。傻强也好，不用担心去城里了。我的诗也发表了。这些都是我们的命给我们的回应，所以你也不会死的。你忘了你说的，我们是魔鬼，魔鬼的手把天空遮住了，老天就没辙了。对不？"

我听了他的话笑了。对！我们是魔鬼，魔鬼可以遮住老天。我永远记得这句话。

五

我的十八岁终于来了。我早上醒来的时候天还没亮。我没有动，我想看看老天长什么样，他是怎么拿走我的命的。可是我等了两个小时，太阳都出来了，老天还是没来。

我大喊："妈，我饿了。"

我妈突然进屋，看样子她在我门前待了一夜。她看我还好，突然哭了出来，我爸也走过来哭了。我妈说："好，饿了好，我这就做饭，这就去。"

我吃着早饭，我爸我妈一直盯着我看。我说我没事啊，真没事。我爸我妈大笑，又笑出了眼泪。我吃过饭就跑了出去，我妈没喊住我，只得和我爸一起跟着跑了出来。

我要去找红艳，找傻强，找李学，告诉他们我还没死。我忘了红艳嫁出去了已经不在这个村了。不过没关系，她会知道的，我相信。

傻强和李学看见我还活着都很开心。李学说，等着，我送你一个礼物，生日礼物。然后我、我爸、我妈和傻强都在等着。他回来的时候拿出一本书，是那本"诗集"。他说，我们把它撕了叠成飞机吧。我看了看傻强，他两眼放光。

于是我们五个开始叠飞机，我爸我妈好像也找到了童年的感觉。当我们把一本书都叠完已经是两个小时之后了。太阳升得老高，无比光明。

我们把所有飞机扔了上去，它们遮住了我们视线里的天空。

"这样老天就没法伸手啦，没法折腾我们的命啦。"我大喊。

红艳，你听见我的声音了吗？你看见漫天的飞机了吗？还有，我得告诉你，我十八岁了。

第二人生

我第一次见到她是在深夜。

那天夜里，一条来自我最好朋友的信息摧毁了我心里的所有防线，他在信息中云淡风轻地说："我们不是一路人，今后各奔东西。"没等到我将这句话咀嚼几遍，激起心里的电闪雷鸣，怒气便催使我下意识地摔了手机。它砸在墙壁上"砰"的一声，屏幕瞬间暗下去。我看着墙上的凹凸和散落一地的手机零件，心和它们一样伤痕累累。

那天我躺在床上，望着天花板——我不想去看那一副事不关己姿态的夜空，也不想去看逼仄空间里倍感凄凉的物品。于是天花板在视野中变得越来越远，我揉揉眼睛，却发现它还在原来的高度。我还是无可避免地伤感起来，黑云过境般的压力压在胸口——眼看着乌云织开天罗地网，黑暗把天空裹得越来越紧，我无法让天空下起雨来，也没法让黑云放开太阳和晴朗。我想起这几年和朋友的种种，那些从前我们用来调侃彼此调剂感情的往事眼下都纷纷带着锐利的矛头指向我——誓死要将我那早已千疮百孔的心戳成烂泥。我像是被硬生生割了线的风筝，面对突如其来的自由一时无措，随后狠狠地伤感起来。我不属于天，也不属于地，更由不得自己。

一个小时之后，或许出于悲伤或是早已绝望，我想出去走走，否则十几平方米的房间内的空气会将我压垮。恰巧我的胃也应景地告诉我该吃东西了。我简单收拾一下，拿着大衣，围上围巾，戴上耳机出门了。北方深秋之时，气温不见得多低，但风仿佛小人得志般死命地炫耀自己的威风。我将围巾往上拉了拉，把手放进口袋里。我走进一家二十四小时营业的超市，里面空寂得连那明晃晃的日光灯都显出瘆人的寒意。我只拿了啤酒和几样零食——我不希望压抑乘虚而入打破我好不容易调和好的内心的平静——至少我认为自己平静了。

是她帮我算的账。之前我没见过她，我猜她可能是新来的，或者她值夜班。我之前也没在这么晚的时候来过，也许这个时候顾客少，所以她表现得很热情。

"同学，这个在喝啤酒的时候吃，可能会拉肚。"她指了指袋子里的特制猪手。

"没关系。"我把袋子打了个结，付了钱。

"同学，你没发现……"她看着我，打量得饶有兴趣。我感到不自在，抬起头迎上她的目光。我又看了看她，有些摸不着头脑。

"你的隐形眼镜，一只是棕色的，一只是蓝色的……"她说着掏出口袋里的小镜子，打开镜面迎向我。

我看着镜子里面的自己，的确，戴错了眼镜，如果放在白天，会吓到人的，再加上乱糟糟的头发，俨然是神经病了。

"谢谢。"我尴尬地回了一句，低头就走。她举着镜子的手还悬在空中。

"喂，同学，那个吃了如果喝啤酒会拉肚子的。"她的声音从后面传过来，不依不饶。

就这样，我第一次见到她，场面尴尬得过分，我的悲伤那时也被尴尬短暂熄了火，露出温顺的姿态。

　　让我记忆深刻的是，那天我回去，吃饱之后，的确拉肚子了。于是在那之后的很长一段时间，我都听她的话。

　　我和她认真说话，我是指熟悉之后的谈话，则是在很久之后了，有多久，三周还是一个月，有些记不清了。哪怕那仅仅发生在半年前，但也被时间刷得干干净净，彻彻底底不留痕迹。我那段时间过得浑浑噩噩，整个人用行尸走肉来形容丝毫不为过。大脑就像那午夜时分只有黑暗光临的广场，空旷冷清，再大的风也吹不出回声。这中间我请了一周的假，我和班主任说去北京看胃病——我确实有很严重的胃病，拜这几年糟糕的饮食习惯所赐。班主任当时或许被我那低迷的颓废气息吓到了，连声说那赶紧去吧，别耽误了病情。一周之后我回到学校他还对我嘘寒问暖。

　　于是在后来和蓝澜的谈话中，我提到这件事，那时候我已经知道她的名字，也知道了她每天在超市里值班到晚上十二点。我们坐在超市的货架旁，头上依旧顶着日光灯，只是我没有先前悲伤的磁极，因而它的那半磁极没让我像之前那样感到伤感和凄凉。

　　"那你是怎么和你妈说的啊？"她用一只手扣住另一只手，惊讶地问。

　　"我根本没和她说，我的事儿她都不了解。我一个人住，不会主动联系她，时间长了就都习惯了。"我把右边的耳机摘下，于是蓝澜的气息从右边愈加清晰地传入大脑。

　　"那时间久了，你不会想家吗？我每天都给我妈打电话，她会告诉我家里妹妹怎样爸爸怎样，天气又冷了等等。"

　　我没回答。

　　"你真是一个很奇怪的人，你是我见过最奇怪的人了。"她说着把我左边的耳机也摘下来。"你不戴耳机会死吗？"她冲我翻了个白眼。

　　关于那天的谈话我记得很清楚，清楚得连最细微的语气我都记得，随后我把自己的事儿全部告诉了她，把那些我以为无所谓、积压在心里几年也发酵不出诱人酒精的事儿，那些不可歌可泣不狗血的事儿，全部告诉了她。

　　我也不知道自己究竟出于什么目的，压抑得想发泄也好，打发时间也罢。我在那天表达了太多我一贯难以表达的感情。也许它们在我心里早已经蠢蠢欲动，已经拿好旗帜准备游行了。我一度以为，无论我的生命好与坏，本质都是一样的，无非是我敬畏着我敬畏的，躲避着我躲避的，平凡到不会期望太多。人世间走一遭，风流事单手可以算出来，到年迈时给自己一个台阶下，对自己说"平平淡淡才是真"这般自欺欺人的话。所以我觉得我的生命就这样了，它与岁月签订了一份看似公平的协议。我不觉得有些事情有必要说出来和人分享，它们只属于我自己，它们不需要光合作用得见阳光，我平凡的养分足够让它们活得自足，哪怕这又是掩耳盗铃。

但我那天还是说了。

"我十二岁来城里念书，住在亲戚家。那时候我还不懂得察言观色，不懂得冷暖自知的道理，长这么大一直很内向沉默，所以初中也就平平淡淡地过来了。毕业的时候，我一丝一毫的悲伤都没有，仿佛人来人往与我无关，我只做短暂停留，没带来什么，也拿不走什么。关于那个亲戚日常生活中的冷嘲热讽我也都习惯了，到最后也没有多少怨恨和难过。所以那几年过去，未必成长多少、走了多远的路。可哪怕仅仅是非常短的距离，我也知道自己的每一步都走得千斤重。我现在多少可以释怀，习惯告诉自己，这世上哪有那么多的好运气等着你。

"高中的时候，也就是现在，我搬出来住，找了个十几平方米的房子，和人合租。哪怕简陋，但也算一个完整的家了，于是也就有了大把大把的自由。我只有一个朋友，因为我的性格，他和我掰了，就是在咱们第一次见面的那天。

"我这几年养成很多坏习惯。我是离不开音乐的，我并不是什么音乐爱好者，只是单纯地希望有什么东西能让我集中精力，不去想其他的事情。我连睡觉都必须戴着耳机，哪怕音乐已经关了。最近我总是耳鸣，所以把耳机换成了耳挂，但还是无法忍受没有音乐时的尴尬。

"现在越长大越不容易感伤，从前总是难过，眼下却只是一种不在乎的姿态，不想拥有更多，不去期盼更多，能得到什么就得到什么，得不到就算了，也很少相信谁。我连寄快递都会告诉自己对方不会收到，这样等到对方说收到了时，我会开心一下。我也一直用同一款的闹钟，我觉得其他的不会响。就是这种情况。

"总之是你没办法理解的吧。"我对蓝澜说完，才发现她只是安安静静地看着我。

我上高三，蓝澜上高四。有一天我们像往常一样聊天，她问我上高几，我说高三，她笑嘻嘻地说她高四，没有任何尴尬。接着她和我说："小弟弟，我比你大，帮姐姐个忙。"我茫然地看着她。于是在第二天我被她拉去发超市店庆的传单。我和她说我不行，我面对生人不会说话，她随即鄙视地看了我一眼："你把传单直接塞人手里就行了。"

第二天我裹着围巾，戴着耳挂，和她在街上发传单。我按她告诉我的"把传单塞到人家手里"的方法，不一会儿竟然自然起来。我很少会面对汹涌的人群。人们都等着红灯，踩过斑马线，他们沉默着，似乎看不出急切也丝毫不急慢地前行，消失于茫茫同类之中。那一瞬间我觉得我被我认为正常实则千疮百孔的心一丝不挂毫无遮掩地暴露出来，它嗞嗞地漏着气，却没有像气球突然漏气那样借着冲力飞起来，它只是停在那里，并持续跳动着，提醒我面对我该面对的现实。

那一刻，从前在我头脑中没有立锥之地的某种念头竟然奇迹般地在我的持续打击下存活下来。我看着那些和我一样，脏器依然鲜活，日复一日和岁月拉锯的人们，竟然觉得悲哀起来，我停下发传单的动作，只是盯着某个不重要的点。

那天结束之后，我一直精神恍惚。蓝澜说要请我吃饭，没等我反应过来，她就拽着我钻进一家馄饨店。

馄饨上来之前，她坐在我对面，把上霜的眼镜摘下来，于是她看我的眼睛也眯起来。

"说好了，吃饭的时候你不准戴耳机。唉，小老弟，你为什么总是那么低迷呢？"她擦擦眼镜，又戴上，"你说的那些我都懂。其实啊，青春这个东西，我很讨厌它，它总是提供给人颓废的、叛逆的、忧伤的理由和说辞，就好像任何错事、任何伤害，只要加上青春的名义就可以被原谅了。真的，我不觉得青春一定要糜烂，也许是因为我的青春过去了，反正我是不那么喜欢低迷的情绪的。"

馄饨上来了。我拿起筷子把上面漂浮的香菜拨出来。

"先别吃，听我说完啊。"

"有时候，我觉得自己和同龄人在某些问题的看法上是不同的。你看，很多人不想做书呆子，骂中国教育，可我却觉得那其实幼稚得很。所以我很努力地学习，成绩也非常好。我家在大连，很远吧？我是被保送来的，我高中大学都不用自己花一分钱的，学校会有全额赞助。"

"那你为什么第一年不走而复读呢？"我终于说了话。

"第一年的时候差两分没有考上北大医学部。"她冲我吐吐舌头。

"我呢，有个妹妹，她生下来脑瘫，到现在八岁了还没办法走路，我想学医，希望有一天可以治好她。但你也许知道，她这种情况活不太久的。但我还是希望，哪怕没有办法治好她，也要为千千万万的脑瘫患者尽一份力，因为我知道他们有多艰难。你是不是觉得我被中国教育荼毒了？呵呵，但这就是我的理想，无论别人怎么看它，我都不去在乎。"

"所以啊，我又读了一年，我学习起来是感觉不到苦的，因为我总能看到希望。我的生活，也许在很多人看来是乏味的，但只有我明白，我自己在做什么，那些整天只会幻想的人的生活才乏味呢。"

我把第一个馄饨放进嘴里，咬开之后，鲜美的汁液漫溢我的口腔，那些甜美的、温热的汁液顺着喉咙滑下去，所到之处泛起微微的烫，等到达肚子里的时候，已经是温暖的了。

"喂，你去过大连吗？那里真的很漂亮。我家住在海边，所以从小眼睛里都是蓝色。我爸妈告诉我，人要像大海一样包容，哪怕总有些浪花在其间翻涌。也要相信，总有一天会风平浪静，况且那些波涛，让大海看起来更壮丽。"

"有时间去看一看。"我咬下第二个馄饨。

"青春这个东西，我们浪费不起的。"她说。

有时候生活真的很奇怪，在学习上我一直不求甚解，所以成绩一直不高，在班级的中档徘徊。父母以为我尽了全力便也不再逼我学习，我也认定这样挺好的，平平淡淡地走进一所不算差的大学。昨天老师找到我，神经兮兮地把我拉到办公室，他坐在转椅上，微笑着看着我，我则茫然地看着他。他和我说，学校有一个大学的推荐名额落到班级，他打算给我，当然不是一流院校。他说："你一直很听话，很安分，一个人在外面住，挺不容易的，身体又不好，所以我想把这个名额给你。虽然这所大学要考上并不难，但老师还是希望你考虑一下，这样下学期你能轻松很多，好好养养病。我儿子啊，比你小得多，也有很重的胃病，我陪他全国各地跑，我知道那滋味不好受。老师没别的意思。"说完他点上一支烟，然后后知后觉地自言自语，"办公室不允许抽烟的啊？"

我晚上给妈妈打了电话，我想这件事不算小，应该告诉她。我从包里拿出一个电话本——我记不住任何人的电话，手机坏了之后也没有再买。

我拿起学校里的座机，拨了号码。我看着许久不用的座机，想象着它们被这个时代冷落，曾经伟大的发明，到当下却成了手机的替代品。

"妈，是我。"

"哎，儿子。"

"有事情和你说，老师给了我一个大学的推荐名额，我在想要不要答应。"母亲那边沉默了片刻。

"你自己决定就好了，都长这么大了，你要是觉得行，就答应吧，这不是坏事，我和你爸会尊重你的决定的。"

"××大学。"

"挺好的啊，我们都支持你。"

"就这些。"我说。

"嗯，一会儿我给你打钱，你再买个手机吧，上次不是摔了吗，没有手机不方便，买完了告诉我一声。好好照顾自己。"

"那挂了。"

"嗯。"

我听着电话那边的嘟嘟声，似乎绵延在几千里以外，它们从远方赶来，看似不经意但却麻痹了我握着电话的右手。我僵在那里，片刻之后放下电话，于是那部电话又回到最初的孤独状态。

原来母亲一直都在。

我去蓝澜工作的超市，打算告诉她我被保送的事儿。那晚天仍然黑得过分，我却没有压抑的情绪在心里发酵。我走在那段不算远的路上，心里是从未有过的畅快。我心中积压着的乌云在那一刻稍稍释放了阳光，于是有缕缕温暖倾泻成开心的情绪。

我没办法不承认我心里有一小角的冰在融化着，瓦解它的温暖似乎来自电话那头母亲的话。我曾经自以为是的冷漠和无情在母亲关怀的对比下显得轻薄又矫情。那一小块冰融化着，哪怕只是一小块，但那一面面积不算大的水泊还是映出了我性格之中的一部分真实。

值班的是另一个人，不是蓝澜。我看了一圈似乎想寻找那个活泼的身影，又用耳朵搜索一阵子，企图听到她元气十足的音色。不一会儿我才意识到她不在。我问那个陌生的店员，他打量了我一阵，略微冷淡地说："她回家了，家里有事情，过一周才回来。"

我走出超市，心情平静了一些，没有了刚来时的兴奋。我又想起我们第一次见面的那个晚上，那个被悲伤浸泡的我和积极开朗的她，阴森的白光，偌大的超市。我同样想起这几个月来我过得很好，我承认这段时间与我独自度过的年月相比更加丰盛。似乎我也在改变着，因为蓝澜的某些世界观，我也看出曾经的自己有多病态。我并不是贬低自己，只是觉得这个月过得更加有意义。我想我崇拜蓝澜，那种崇拜一度让我对她产生痴迷的感情，但那只是崇拜。我崇拜她身上那种欣欣向荣的气质，对自我的无畏坚持，对未来不会衰败的信心和希望……那些我一向觉得和我相去甚远的品质，全都在她身上，并且以最美的姿态表现出来。于是这么久以来，我身上那种冷淡的气质，那些不痛不痒恹恹的情绪被她逐渐淡化于无形之中，连我都无法想象，我可以接受积极的生活。

我躺在床上，耳机放在胸口上，于是音乐只传送到耳机，再以更微小的音量传给空气，但似乎空气不听音乐，我小心翼翼地等着手机那边的回音，似乎一不留神就会错过蓝澜几千里之外的声音。几秒之后，那边有了声音。

"我是莫林，蓝澜，你在家吗？是不是出了什么事啊？还好吗？"我小心翼翼地问着，好像我悲观的性格认定一定是出了什么事儿。

"没事儿。"她的声音很凉，像披了一层冰。

听到她的话我放心了一些。

"我妹妹在抢救，前几天早上她忽然昏过去了，现在情况应该稳定了。我看见我爸爸坐下来笑了。应该没事了。

"晚些再和你聊吧，我回去看一下我妹妹。"我听到那边的嘈杂声，它们随着蓝澜的声音一起涌过来。

"好的，那你照顾好自己，拜拜。"

我听到那边没有了声音，也就挂了电话。我把手机扔到一边，戴上耳机但又摘下。我似乎看到蓝澜在那边坚强的样子。我关掉音乐，想面对此刻的安静。从前我不敢面对，因为安静的空气让我觉得压抑，它顺势牵扯出我长久以来的孤独，所以我不敢面对一个人的尴尬。可现在，我想体会自己被孤独撕扯的感觉，就像蓝澜现在被焦急的心情撕扯一样。不可思议的是，我在无声无息的空气中体会到的是同样无声无息的惬意。

"你没上课吗？"我坐在街边的长椅上，用左手拿着手机，右手放在口袋里。哪怕今年冬天气温不见得多低，但冷气还是会把手冻得通红。

"这节是自习，我就出来了。"我告诉蓝澜。

"你不该这样，怎么说你都该在学校学习。"她的声音像是夏日里连风都很少光顾的平静的湖泊，平静但有着微凉的气息。

"嗯。"

"大夫说我妹妹脱离危险了，但应该不会活到一年。"

"我不知道怎么安慰你。"

"其实这些呢，我们全家都可以接受。好像是这么多年都面对着一个魔术盒子，不知道什么时候会从中跳出什么来。至少现在我们已经知道盒子里装的是什么了。"

"我没觉得什么是坏了的，我们一家人度过了那么多年快乐的日子，哪怕贫穷，可我们都是爱着彼此的。"

"我还是会学医的，就算没有机会为我妹妹做什么，但会有机会，给需要的人帮助。"

"其实啊，人这一辈子，无论如何都要积极地面对生命，哪怕必然会失落。我妹妹坚持了这么久，没有什么遗憾。或许人没有完整和残缺之分，都在孤独地作战。等到奇迹降临，那些所谓的外在的条件全都可以忽略了吧，没有谁是完整的，也没有谁是残缺的。"

我一直听着，但没有说话。只是感到手麻了，是冷风吹的吧。

"嗨，男孩儿，别说沉重的了，我再过一周回去，你是不是请我吃一顿饭啊？……喂，不会这么小气吧！"

"嗯，好的，我刚没缓过神儿。"

"庆祝一下，我开始我的第二人生。"她说。

一样的夜色，我躺在床上，不过没有看天花板，那样会头晕。我也没有戴耳机，把 MP3 锁进了抽屉里，等高考之后再拿出来。

我决定不要推荐的机会，不为别的，我觉得我应该自己拼一把。

那一副事不关己姿态的夜空此刻在我眼中是流淌的，它带着夜晚独有的蛊惑力流向远方，它眼皮底下的大地一片静谧，似乎黑暗也没有很飞扬跋扈。它一直坦然地等待白昼。

我此刻头脑中那迷失方向的航船奇迹般地坚定起来，仿佛大梦初醒，一梦七年过去，当初幼稚的船长眼下终于成熟了。

睡一觉吧，蓝澜等着我呢，我们的第二人生才刚刚开始，明天太阳会是晴朗的吧，就算不晴朗也没有关系。

第一辑　当时的月亮

当时的月亮

一

我到医院的时候，天已经黑了，老天只是随手扯下一大块黑布，就把城市遮得密不透风。接到母亲的电话，说奶奶突发心脏病，我仓皇地从教室跑出来，然后跳上出租车。我的大脑一片空白，好像被人轻轻点了鼠标，按了格式化的按键，于是所有的思索乃至对于奶奶的担忧，全部都变成当下的木然。

直到我下了出租车，初冬的凉气瞬间给了我一巴掌，我才清醒过来，今晚月亮很圆，宛如装点在天空中的一面小镜子。不过我没有心思去看那月亮怎么把夜空装点得不那么单调。我急忙走进医院，漫长的走廊像是一面湖，走得我摇摇晃晃。

急诊室外面站着父亲，他站在那儿坚定得不合情理，当然我知道他心里其实早已泛起了波澜，一次次跌跌撞撞地动摇他的心理防线。母亲坐在椅子上，低着头，看见我才抬起头，然后拉着我坐下。她什么也没有说，没有告诉我事情发生的始末，我便也没有问，就这样守着那一扇紧闭的门，和凝固了的气氛。

不多久姑姑来了，她脸上带着淡妆，看样子是刚刚表演完话剧。五十五岁的人，在岁月里摸爬滚打却仍然有着一副倔强的表情。她急急忙忙地跑过来，高跟鞋打在地上的声音让人心慌。她过来拉住母亲的手，神色庄严地问怎么回事。母亲没说话，轻叹一口气。姑姑看看我，我也摇摇头。

"是不是淑然她们家的事？她又问。

不过没等母亲回答，急诊室的门打开了，我们都冲上前，父亲拉住大夫不住地问怎么样了。大夫摘掉口罩，这一刻我们所有人屏住呼吸，生怕听到那一句"我们已经尽力了"。大夫只是说了句"没有危险了"，便头也不回地走了，神情冷漠得让我怀疑，怀疑在他心里是不是一个人的命真的就那么无关紧要。

护士们推着奶奶进病房，我们一众跟在后面。我看见奶奶脸色苍白，如果忽略她戴着的氧气管，看起来更像睡着了。

等到一切安排好，大家松了一口气的时候，姑姑把母亲从病房里拉出来，我也跟着出来了。

姑姑看着母亲，仿佛视线要钉进母亲的身体。

"是淑然她们一家，赵聪和她媳妇打起来了，嚷着要离婚，淑然也跟着闹，最后来到我家找你二弟评理。老太太正在吃饭，看着她们哭闹一下子昏了过去。"

正说着，我看见三婶来了，就是母亲和姑姑口中的淑然，我赶忙迎上去大声说："三婶来了。"母亲听了也走了过来。只有姑姑站在原地，两手放在胸前。

三婶头发散落着，泪眼婆娑，明显符合刚刚争吵完的扮相。她那圆锥一般的细腿似乎因为跑得太急有些颤抖，于是整个人看起来摇摇欲坠。她看见我母亲便开始啜泣，肩膀筛糠似的抖。

然后她突然想起奶奶，精神病般两眼放光："妈呢，妈怎么样了？"

"在病房里，已经没事了。赵林在里面呢。"三婶听到这些话，深吸了一口气，于是原本颤抖的她哆嗦得更厉害了。

三婶打算进病房，先擦了眼泪。

"还嫌闹得不够吗，你以为谁家都和你家一样，是大剧场吗？"没等三婶推开门，姑姑的话从她后面冷不防地传过来，一寸一寸钉在三婶残存的意志上。

姑姑两只手放在胸前，慢慢地走过来，高跟鞋敲打在地上咚咚的响，我知道这响声也一下一下敲在三婶的心上。

母亲见状赶紧给姑姑使了眼色，示意她不要闹起来，然后拉住姑姑的手，对我说："赵莫，快带你姑姑进屋去看看奶奶怎么样了。"我便顺势拉着姑姑的胳膊往病房拽。姑姑转过身，不疾不徐地和我进病房，没有像电视剧那般，转身之前给予对方怨恨犀利的眼神。我知道，姑姑一向都不屑和三婶这样的人计较，或者说，她觉得，三婶不配。

我把姑姑送进病房便出来了，我看不得奶奶像一株植物那样安静地躺在病床上，我总觉得，也许一瞬间，奶奶便会被死神带走，死神带着奶奶签好的年老的协议，从容不迫又理直气壮。我也看不得父亲站在病床前寂然的神态，就像看一盘象棋的走向。他甚至没有回头看我和姑姑。我知道，此时他的情绪已经浓成一块浆糊了，沉重地压在心上。

刚从病房出来，就听见三婶撕破喉咙的低吼。她把声音放低当然是怕姑姑听到。她的咆哮破碎在空气里，破碎在她气急败坏的脸上，破碎在她一如既往的粗鲁中。

"她说这话什么意思，是怪我？她竟然怪我？她算什么，她凭什么怪我！"三婶的腰微微弯着，似乎这样能让别人觉得，三婶正在理直气壮地为自己辩解，这样就可以证明不是她的错了。

"我难道不盼着妈长命百岁吗？我能不盼着吗？啊？西月你说，我有那么坏吗？我是故意的吗？"

她追问了无数个问号，还叫着母亲的名字。我看见母亲安静地靠着墙，没有表情，像是被凝固的时光定住一般。

三婶闭着眼睛用手轻抚自己的胸口，两条圆规般的腿支撑着怨气浓厚的她的身体。

父亲出来了，他走得很轻，就像踩着波光粼粼的湖面。我看见他，叫了声爸。他依旧面无表情，然后轻轻关上门。

"二哥，你说这能怪我吗？"三婶看见我父亲仿佛看到了希望，她焦急地问，好像只要我父亲说一声"是"，她便可以卸掉全身上下所有的哀戚。

"肯定不能怪我啊，我又不知道妈有病……"说完这话，她看着我父亲，直直地，万分渴求看见父亲原谅的眼神。

"滚。"父亲说，平淡地，没有力度却充满力度，像说一个"是"那样云淡风轻。

"二哥，你说啥呢？你说啥呢？"三婶显然不能接受这样的回答。

"我让你滚。"父亲说着，同时转身走进病房。突然之间我觉得父亲老了，真的，他似乎已经没有过去那些波动的情绪了，他被岁月没收了浓烈的哀愁，得到的是筋疲力尽的心酸。

三婶哭了起来，依旧是颤抖的，不过这次没有掉下眼泪。

母亲说："你先回去吧。回去吧。"然后拉着我的手走进病房。

我不知道三婶走没走，不过我知道，母亲的手，很凉。

二

我叫赵莫，母亲说我出生的那天是中午，恰巧是奶奶的生日，于是大家从庆祝奶奶生日的酒席上跑回来，迎接我的出生。母亲说，当时父亲知道我出生后，在土路上摸爬滚打地跑，完全把喜庆的事跑得带有狼狈的意味。

得知我是男孩，父亲喜极而泣。奶奶的第二个孩子终于有了后代，并且和她同一个生日，像是一个完美的轮回。奶奶便因此决定就在我家度过晚年了，祖孙二人一起度过平静的岁月，只不过我在长大，奶奶在走向死亡。

姑姑是老大，听说我出生的时候她还特意演了一场关于我的话剧，三叔也请了村子里唱戏的在家里大唱三天。

听姑姑家的表姐说，我出生的时候就像一个小猴子，还把她给吓哭了呢。三叔家的表哥大我五岁，也说小时候我长得很吓人。每次他们两个这么说，都会把我弄哭，不过那是以前的事了。眼下的我刚满十八岁，对于眼泪，觉得它落下来费气力，更觉得是羞耻，便也逐渐变得哭点极高。也许这就是所谓的成长。

大家都说我出生赶上了好时候，那一年父亲当上村里中学的老师，母亲也在村里的小学里评上了更高级的职称。姑姑的话剧票房蒸蒸日上，成了村里乃至县里的名人。三叔家里养蛋鸡，那几年年景好，卖了大价钱，三婶脸上的皱纹都快笑开了。邻居们说我们家不知道让多少人羡慕，生活殷实，亲人和睦，圆满极了，就像十五的月亮。

我十一岁的时候，爸妈送我到城里念书。离开了老家飘着灰尘的土路、广袤的田野以及熟悉的蛙鸣，我变得逐渐内向起来。城里的生活让我不得不快速成长，于是其中的艰辛可想而知。寄人篱下必须懂得冷暖自知察言观色。被城里人看不起，成绩不好，种种挫折让我万分想念家乡，想念奶奶。我想起小时候她总是背着我走在老路上，背着我去买冰棍，我时而坐在她腿上吃着园子里的果子，时而牵着她龟裂的手去看一场戏。我还想念父亲严肃却难掩慈爱的眼神、母亲温暖的抚慰。多年之后，关于家乡，令我感怀的从来都是亲人，或者是他们的爱。有时候我走在陌生的街道上，会恍惚觉得路的尽头是自己家的老房子，哪怕它在风风雨雨中岌岌可危，但无可否认，那是我的窝，是我最大的依靠。

后来上了高中，直到现在上了大学，我慢慢地淡化了对周遭环境的排斥感，相反逐渐融入这个日新月异的世界。假期里回到家，看见表哥和表姐，觉得时光果真残酷且理直气壮。表姐不念书，从前扎在胸前的两条辫子眼下变成了酒红色散在肩上，表哥也辍学学起了电焊，在村里的一个厂子里上班。

只有我还在求学，或者说，只有我还是个孩子，他们都已长大。

表姐结婚的时候我因为考试的缘故没能回去参加婚礼。她嫁给了姑姑话剧团里的一个男人，那男人我见过，内向，瘦高，给人安全感，似乎姑姑也正是觉得这个男人踏实，才决定把自己的女儿嫁给他。不过我知道表姐似乎不大喜欢他，表姐是和姑姑一样的性格的人，要强，独立，不服输。姑姑给她起名赵锐，似乎是希望她的性格可以锐利些。姑姑说当初自己嫁给姑父就是个错误，好在姑父前年得了肝癌，眼下时日无多，我上次见他，他已经瘦得皮包骨，像一棵干枯的人参。姑父年轻时花心偷腥已经家喻户晓，姑姑受够了苦，这些年她也怨恨过奶奶，怨恨她把女儿嫁给一个人渣。幸好姑父活不长了，就当是对姑姑的补偿，不过一个女人的青春，是什么都补偿不了的吧。也正因如此，姑姑为表姐找了个万分踏实的人。人生也许不一定要波澜壮阔，但一定要稳定踏实，经得住流年的考验。

不过表姐确实不喜欢他，她和我说过，她给我发短信打电话尽是诉说自己的苦衷。姑姑一味地只是想让女儿不要重蹈自己的覆辙，却不了解她，不知道女儿心里有和她自己一样的扑不灭的毁灭性的力量。

不过表姐最终还是出嫁了，并且听母亲说，她出嫁那天看起来很开心，全然没有当初订婚时的抗拒，他们说总有一天她自己会明白众人的苦衷，并感谢生活，赐给她一个完美伴侣。

表哥的婚姻更自由些，他结婚的时候正值我暑假，我有幸参加。表哥在工作时认识了他的伴侣，是同一个厂子里的会计。她长得不好看，叫李雪，真是普通到不能再普通的名字。表哥叫赵聪，据说他们两个第一次约会就说以后如果结婚，生下来的孩子一定冰雪聪明。他们相识不到一个月便结婚了，似乎都给爱情冲昏了头脑，不过三叔三婶也没反对，尤其三婶，她觉得这个女孩子很好，有工作，不用种田养活自己。其实一直以来三叔在家里都是说不上话的，三婶是个典型的农村妇女，生活节俭，大大咧咧，不过有时候很尖酸刻薄，有时候工于心计。就这样他们匆匆结了婚，三叔盖了大房子给表哥住，三婶为此还和三叔吵了一架，因为盖房子又要多很多债。不过这次三叔终于自己做了一次主，他给三婶一巴掌，三婶吓坏了，便屈服了。三叔似乎已经意识到自己老了，能为儿子做多少就做多少吧。

于是村里人又开始打趣说我们家的生活越来越好了，我考上重点大学，去了大城市，表哥表姐结了婚，奶奶也一如既往的健康。

三

我在病房里照看奶奶，父亲出去接电话，奶奶现在大部分时间在睡觉，少部分时间处于清醒的状态，眼下，她在熟睡，看起来像是一个孩子，只不过脸上的皱纹把岁月出卖了。她是真的老了，老得有时候我甚至觉得，对于她来说，也许死亡会更幸福一些，当然这些话我不会和人说。大学生活原本就清闲，我正好时常来看看奶奶。而且我意外地发现，奶奶只有看见我们一家三口人的时候，才会会心地笑。而面对之前来看她的三叔一家，以及姑姑，奶奶大都不说话，或者装睡。

三叔一家来的时候我在场。父亲看见三叔一家没有多说话，他一向隐忍，直接走出病房抽烟去了。母亲招呼着三叔三婶，她没有提我表哥赵聪和他媳妇李雪，因为正是他们闹离婚的事情导致奶奶现在卧病在床。

三婶始终没敢大声说话，这在之前是从未有过的。我早已习惯了她的咄咄逼人，突然面对她这么反常的一面，感到很不自在。

三叔叫了声"妈"，奶奶假装没有听到，翻身转了过去。

三婶见状也了解了奶奶是真的生气了，便坐在床上叹了口气。然后抹了抹眼睛，虽然眼里其实什么都没有。

后来他们便走了。

三叔一直低着头，他本身便驼背，这下看起来更像老头子了。三婶在后面一直追着三叔，企图和他说些什么。

后来母亲给我讲了那天发生的事。

赵聪喝多了，在家里说胡话，不知怎的就骂了自己老丈人。李雪在刷碗，听到了便把他往卧室里推，当然是带有一丝气愤的。可当时赵聪也犯傻，一下子就把李雪推倒在地上。然后李雪一气之下给了他一巴掌。赵聪本来已醉，被人打更是发疯似的破口大骂。他脚下一滑便摔倒在地上，更加大声地喊起来。三婶闻声跑出来，见状便大骂李雪，说她不要脸打自己男人。总之把能说的难听话都说了。三婶骂人的本领在村里是出了名的，李雪便委屈地哭了。可她毕竟是上过学的人，顷刻便变得理性起来，她说离婚吧，离婚，不过了，本来自己有工作有学历，赵聪完全就配不上，天知道当初是怎么想的嫁到这个破人家。然后李雪用脚狠狠踢开倒在地上的赵聪，进屋什么都没拿，穿上大衣便走了。三婶这个时候才觉得天塌了，不过她可不那么容易被打败，她追上李雪，把她拉进自己和三叔住的房子。三叔这个时候刚刚从养鸡房出来，碰上这一幕，顿时愕然。三婶看见救星，便开始哭闹，以为可以吓到李雪，然后三个人推推搡搡来到我家，找我父亲评理。

当时父母和奶奶正在吃饭，听到吵闹声便停下碗筷。三婶一个大步便闯进屋，同时右手拉着李雪，三叔在最后面一直喊三婶让她放手。三个人跌跌撞撞进了屋，三婶便开始大哭，同时大骂李雪，说她打自己男人，还想用离婚骗自己家新盖的房子。她用手指着李雪，唾沫星子横飞，三叔一直企图插上话，可三婶的嘴像是一架机关枪。李雪一直没有说话，不过从她坚毅的眼神来看，似乎已经恨透了三婶，她一直看着我父亲，她相信我父亲会还给她公道。

父亲走上前示意三婶放下手，让他们说清事情经过，当然话都是三婶一个人说的，李雪一句话也没说，哪怕三婶说了很多假话污蔑她，比如离婚是为了骗房子。

三叔摇着头叹气，三婶说完事情始末又开始大哭，并且直接坐在地上，一边哭一边骂，同时大力地拍着大腿。奶奶看着三婶，怨恨地瞪了一眼。

父亲也弄懵了，完全搞不清楚状况。母亲让李雪说说怎么回事。李雪看着母亲，眼神淡漠冷清，然后她突然冲三婶冲了过去，撕扯住三婶的头发，狠狠地。三婶被她扯得不得不站起来，大声喊叫，大家见状都上前劝阻。这个时候，奶奶已经心脏病昏迷。

母亲和我说这些的时候神色漠然，她一直在叹气，然后看着我笑了。

"这么多年，只有咱们家是最让人省心的。"

"你三叔啊，其实也够苦的了，你三婶其实外面一直有人的，你三叔知道，但睁一只眼闭一只眼，人岁数一大，就特别容易苟且过活。有时候你三叔难受了就来找你爸，两个人在炕上喝酒，你三叔会哭，每次都是，你爸爸便安慰他。四十几岁的人了，老得像五十多，走过几十年，以为换来风平浪静，到头来还是要心酸地过活。"

母亲说完，便起身去倒水。

"有时候人活着，真不如死了来得舒坦。"她说。

奶奶的病情好转得很快，一个月过去便从医院回到家静养。期间三叔一家又来看奶奶，这次有三个人，比上次多了表哥赵聪。他媳妇李雪自从那夜之后便回了娘家，眼下处于尴尬的位置。三叔家有再联系的打算。

奶奶渐渐也和他们说了话，不过态度不如从前。我觉得，奶奶倒不是怨恨他们导致自己心脏病突发，更多的是失望吧，对他们一家子的失望。

当一切风平浪静之后，姑父死了，其实本来这不会让我们几家人感到沉重，并不是我们无情，而是我们都早已习惯癌症对姑父的剥削，似乎死亡是对他最好的解脱。让人神伤的却是，表姐无缘无故离家出走了，剩下她丈夫李栋一个人傻傻地在家。

怎么说呢，其实我已经预感到有一天表姐会离开这个村子，离开这个家的，只是她的婚事让她提早逃离了。

家里没有人可以联系上她，大家很着急，在这件事上，也显然比姑父的死亡投入的精力多，毕竟连姑姑自己，都不在乎姑父。有一个秘密我没告诉任何人，其实表姐一直在和我联系，我不能告诉别人，因为这是我们的秘密，我答应了她，帮她找到自己的未来，因为其实就连我，都已厌恶了这个家族，不过我爱奶奶和我父母。

表姐在一个酒吧里陪酒，她是这么和我说的，我也没有多问。我告诉她，奶奶一天天好转，不过不怎么爱说话了，她只愿意和我聊天，也仅限于回忆我的小时候。我还告诉表姐姑父死了，她说她离开其实也有一部分原因是因为这个，她不想看见自己的父亲在母亲的鄙视和仇恨漠然地下葬，哪怕自己的父亲犯过很多错，她都理解。她说一直以来外人只看到姑父的坏，却没看到姑姑对姑父的看不起，始终觉得姑父配不上自己，一个男人这样过了二十几年，没有感受过来自妻子的爱，想不出轨都难。

我也把母亲告诉我的关于三婶有男人的事告诉了表姐，她说她早就知道。最后她发过来一个叹气的表情，说了一句，这个家破灭了。

四

时间走得很快，家里慢慢风平浪静。我也回到学校里上课。期间我和表姐联系。我问她最近怎样，她说酒吧里的工作不好做，彼此抢生意钩心斗角，前几天一个叫阿兰的女孩子因为得罪人被卸了胳膊。她说她打算等有钱了就去上海，去那里找一份正经工作，找一个她真正爱的人。

我说："那这个家呢，你不管了吗？"她没有说话。

我又问："过年都不打算回来吗？"她说："嗯。"

我一直都知道表姐是那种敢爱敢恨的人，从小就是这样，只是没想到会这样决绝。

有一天我去找表哥了。他最近心情不好，这是母亲告诉我的，其实我都知道。三叔三婶已经去李雪的娘家赔礼道歉了，当然三婶想的是如果真的离婚，那有朝一日再结婚还要花掉很多钱。只是李雪的娘家铁了心似的，把话说得很绝。李雪也一样，全然忘了当初和表哥爱得死去活来。母亲让我去找表哥，安慰一下他。

我到他厂子里的时候，看见他正坐在地上抽烟。他带着电焊工带的保护眼睛的眼镜，手上全是铁锈。他看见我，示意我坐下，然后递给我一支烟。我刚开始抽烟的时候父母很生气，但后来似乎他们也意识到，人感到孤独难过的时候，没有什么比抽烟更能让人觉得放松的方式了。

"最近怎么样？"他问我。

"还好吧，你知道大学一向很清闲的。"我说。

"你要好好学习啊，家里只有你这么一个大学生，我们都还指着你扬眉吐气呢。"他笑笑，我也尴尬地笑笑。

"你呢，还在想李雪吗？"

"不想了吧，就这样吧，很累了，婚姻终究是吃饭，睡觉，交付对方依赖，换来一点卑微的信任，最终妥协的是两颗不甘屈服的心。"他说。

"顺其自然吧，只能这样了。"

那天我们还一起吃了饭，好久没在一起聚聚了。小的时候我们都没有钱，眼下衣食无忧，才发现岁月里我们缺失的是一种心情。我们喝了酒，说了很多话。

他说这些年其实过得不苦，但着实平淡，平淡得总是怀疑自己是否还活着。说完他又笑笑。

他还说有时候真是怀念小的时候啊，人长大了才知道需要承担的有太多。要结婚养家，要赡养父母，要接受老板的辱骂，要看着现实的脸色。

天黑的时候，我看见他的眼睛很亮。他说回家吧，今天喝多了。

我们在路口分别，他说照顾好自己，走了几步又说，照顾好奶奶。

快过年了，每年过年的时候都是最热闹的，小时候我期待过年，因为有糖吃，有新衣服穿，有压岁钱，哪怕那些钱要上交的。可越长大，觉得年离我们越来越远了。

每年过年的时候，三叔一家、姑姑一家都会来我家过年。加上奶奶，我们一大家子等着新一年的来临。通常都是我父母加上三婶姑姑他们四个人打麻将，我们几个小辈的加上奶奶打牌，三叔对这些没有兴趣，他的任务就是做饭。打麻将的赢了钱，会把钱分给我们小辈，只不过钱刚到手，不知道一会儿又输给谁。

我们会在中午吃一大桌子的饭菜，大家都会喝些酒，但不会喝醉，因

第一辑　当时的月亮

为下午还要继续玩呢。这几年我酒量见长，也逐渐喝些白酒，于是父亲总是打趣地说赵家没有孩子了，都是大人了。

到了晚上，我们坐在炕上看春节晚会，大家吃着水果、瓜子。奶奶已经没有牙了，但还是喜欢在嘴里含着一块糖的感觉，像个孩子。然后大概到晚上十一点的时候，我们开始吃饺子，所有人都会在吃之前去外面放炮仗。然后欢笑着回到屋里。我还记得有一年我的羽绒服被表哥点的炮仗崩了很多窟窿。吃过饭要烧纸，据说是送灶王爷。忙完这些大家依旧打牌打麻将。

第二天第三天，所有人又都转移到三叔家和姑姑家。就在辞旧迎新的几天里，似乎所有人都把一年里的不如意释怀了，迎接我们的果真是崭新的人生。

今年父亲买了比往年多一倍的炮仗，似乎他也感觉到，这个家不像从前那般和睦了，所以需要些大阵仗呼唤彼此的热情。他把炮仗买回来的时候喊我出去看，兴奋得像是一个小孩子。

我看着他脸上的皱纹顿时感慨，父亲已经年过半百，他三十多岁才得到儿子，而不得不承认，这些年，是他，周旋着这几家人的感情，他沉默，他愤怒，他百感交集。但他不能倒下，他倒下这个家就真的塌了。

母亲亦是，面对这么多年，哪怕是姑姑的冷漠、蔑视，三婶的小肚鸡肠、算计，甚至于奶奶有时候的严苛，她都一声不吭地接受，并微笑着，微笑了这么多年，我知道她不容易。当然她脸上的皱纹也从来没有饶过她。

母亲今年给每一个人都织了围巾，甚至包括不回来过年、杳无音讯的表姐。我感觉母亲似乎知道我和表姐一直保持着联系。围巾都是同一花色，很漂亮，母亲辛辛苦苦织了很久。她年纪大了，眼睛不中用了。她开心地把自己的胜利成果放起来，然后略有感慨地倚在沙发上。

"你知道吗，儿子，有句老话说，只有老人和孩子才盼着过年。孩子们会说，过年了就又长了一岁了。老人们会说，又熬过去一年。"

奶奶听了母亲的话，也说："是啊，不知道还能过几个年。"

五

"过年啦，终于过年啦！"不知道哪家的小孩子喊了出来，很大声。我们都起来了，奶奶又穿上了那件爷爷送给她的红毛衣，哪怕它已经很旧了，但越是旧的东西才越显得人坦然。此刻我看着奶奶，她似乎已经和死亡签了一份隐秘的协议，从此生不可怕，死不可怕。

我没有穿新衣服，觉得还是穿过的衣服舒服。

父亲在外面放炮，他也大喊"过年啦"。我们都看着窗外。突然间下起了小雪，它也来凑热闹。雪下得小心翼翼，生怕打扰了新年的气氛，也给新年加了几分祥和。

直到八点还没有人，奶奶叫爸爸打电话催催。三叔说一家人在路上，姑姑也说在路上。

刚刚说完，三叔一家人便来了。三婶进屋便拖鞋跳到炕上，似乎被冻得不轻。三叔手里提着一箱葡萄，表哥手里提着一箱苹果。奶奶下地把葡萄和苹果收起来。在我们家，每一年都是奶奶亲自收起亲戚们带来的东西的，似乎是，奶奶想记住所有人。奶奶把东西拿进里屋，她翻开箱子看了看，叫我过去。我一看，葡萄烂了一半。奶奶什么也没有说。

姑姑来的时候已经是中午了，她走进屋，还带着一个男人。她依旧是高傲的，进屋便说："这是刘铭，怎么说，我新找的老伴儿。"姑姑说的时候很坦然，她的视线扫过我们所有人，当然我知道她只是想看看奶奶的反应，她从来不会在乎我们其他人的看法的。奶奶看都没看，只是对母亲说，吃饭吧。

吃饭的时候那个叫刘铭的男人也没走，气氛尴尬异常，这时候母亲把她织给大家的围巾拿出来，依次递给每个人。

表哥说："谢谢二娘，真好看这围巾。"

三婶一直不住嘴地说："好看好看。"

三叔也在三婶旁边附和。

姑姑只是把围巾放进包里。

既然表姐没有回来，那准备给她的那份母亲直接给了刘铭。刘铭很尴尬，他显然不知道自己还有这样的福分。姑姑也没有想到，没想到母亲竟然接受刘铭接受得如此之快。当然我知道母亲只是不想让气氛太尴尬而已。

奶奶突然站起来，抢过那条围巾，一把扔在地上。

"就算扔了也不能给一个外人！——你！"奶奶指着姑姑，"要么让他滚出去，要么和他一起滚出去！"奶奶的身体在颤抖着。

"我养你这么多年容易吗？锐儿的爸才死多久，你成心给赵家丢人是吧？还把人领到家里！你这样做不怕遭雷劈吗！

"你爸走之前说我亏待了你，他说旧时代生的女儿都是受苦的命。你对不起你爸啊，你对不起他啊！"奶奶说，同时一滴眼泪滴了下来。

"就是就是，妈说得对。大姐，你也不能太着急啊，姐夫尸骨未寒啊，赵锐也联系不上。"三叔一直在底下示意三婶不要再说下去了。可三婶似乎是要报仇吧，谁让姑姑曾挖苦过她。

"那也比你强吧，男人还在，就在外面搞别人。"姑姑还击。

我注意到姑姑说完这句时，三叔的身体僵硬了。

"你竟然说我！你竟然有脸说我！反了反了！"三婶有些不知所措，被人揭了底显然底气不足。

奶奶坐下了，没有说话。这时候父亲站了起来。他啪的一声拍了桌子，饭菜都险些洒了。

三婶也生气了，她把筷子摔得很响。

三叔说："你能不能消停点儿！"表哥起身去了厨房，母亲也不知道说什么。

"这么些年我一直都没有怪你，你把我嫁给一个人渣，彻彻底底的人渣。我忍气吞声这么多年。你不配做一个母亲，你不配！"姑姑站起来指着奶奶。我看着奶奶，她那干枯的双眼，慢慢地淌下热泪。

"你给我闭嘴！"爸爸把一杯啤酒扬在姑姑脸上，于是那些液体听话地顺着姑姑的头发脸颊淌下来。她旁边的刘铭一看就是老实人，他已经被这气氛震慑住了。

母亲不知道做什么好，她想搀着奶奶回房，但奶奶只是坐在那儿。她把母亲搀着自己的手拿开，依旧看着姑姑，看着狼狈的姑姑。

这时候表哥进屋了，一脸惊慌失措的表情。

他说："李雪打来电话了，她刚刚打掉我们的孩子。"然后他笑了笑，心酸得好像刚刚下了跪。

三婶顿时发了疯，大哭起来。

"我的孙子啊，我的孙子就这么没了。李雪我饶不了你！"

"赵聪的婚事都是你毁的，没有你就不会有今天。"姑姑对三婶说。

三婶听了有那么一刻木然，然后她冲向姑姑，张牙舞爪地。表哥见状赶快上去拦下三婶。

"都给我闭嘴！"父亲也流下眼泪。

三叔还木然着。

奶奶看着姑姑。

然后父亲掀翻了桌子。

酒淌下来，饭菜流下来，筷子掉在地上噼里啪啦，就像外面的鞭炮声。

桌子砸到三叔的腿，三叔也没有动。姑姑脸上依旧还有啤酒。

就这么一瞬间，我隐约感到这个家崩塌了。

支离破碎。

而当所有人都扑向奶奶的时候，已经晚了，奶奶已经跟着死神走了，她走的时候还带着眼泪，还坐在饭桌前，还看着自己的女儿，可是她毅然决然地走了。

新年辞了旧人。

六

奶奶葬礼那天，姑姑没有来，她作为女儿竟然没有来，让人看足了笑话。父亲已经一天没有说话了，也没有打电话叫姑姑。三婶也没有来，只有三叔和表哥来了。父亲抬着花圈，三叔想上前帮忙，被父亲一把推开。

天气阴沉，没有下雪。

我大声哭了出来。

奶奶被放进深红色的棺材，我没敢看她最后一眼。我觉得她不想看到我哭。我只是一个人坐在梯子上，似乎是坐得高一点，奶奶就更能注意到我了。

"你看到了吗，我坐在梯子的第三节，很好找的。如果你回来看一眼就能看到我的，真的，我没有骗你。可你还想回来吗，你还想看看这个让你失望的家吗。如果不想回来，就别回来了。总有一天我会去找你的，总有一天。等我。"

那口棺材很沉，要很多人才能抬起来。我看见父亲脸上流下了汗。我用纸巾帮他擦掉。他看了看我，似乎已经不认识我是谁了。过去很久，我们相视，他哭了，眼泪就这么不动声色地流下来。我也哭了。

我给表姐打电话，她在电话那头没有说话。很久之后，她说等我回来。

给奶奶守灵三天，这三天陪着奶奶的只有我、父亲、三叔和表哥。我们四个男人坐在地上，彼此无言。父亲时而看着棺材，时而流泪。我和表哥抽掉一根又一根的烟。

天黑了，不知道奶奶有没有回来过。

表姐在半夜从出租车上跳下来。她瘦了很多，我们看见她都没有什么反应。她直接扑在奶奶的棺材上，没有说话，只是一直掉眼泪，这样有二十几分钟吧。她说来的路上碰见了姑姑，她和那个男人已经住在一起了。

我看了父亲一眼，又看了三叔一眼，他们的表情很一致，因为他们都没有表情。随后表哥说你们俩岁数大去屋里吧，我们三个守着。父亲听话地和三叔进了屋。

我，表哥，表姐我们三个坐在一起，表哥把烟分给我们三个。烟雾缭绕的黑天，我们握紧了彼此的手。

"小的时候啊，我特别嫉妒你赵莫，奶奶对你最好，她给你买吃的买玩的。后来啊，我才知道，原来母亲给我定亲的时候奶奶就和她吵过，奶奶说苦了我。还有你，赵聪，我知道你也很苦，我一点儿也不喜欢你妈。"表姐看着星空。

"今晚没有星星，只有个月亮，不过不够圆。

"我啊，也有个不好的妈，不过我都认了。

"只是，我真的，真的，想念奶奶。"

表姐哭了出来，然后她倒在我的怀里。

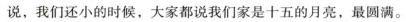

"你说，是不是从今以后，我们的人生都不再一样了？"我问。

"是不是什么都变得不那么重要了。生不重要，死也不重要。"我不承认自己哭了，因为我觉得我已经没有眼泪了。

"我以前听奶奶说，我们还小的时候，大家都说我们家是十五的月亮，最圆满。

"她说至少她要把这个圆满的月亮带进棺材，可现在呢，她带走的只有黑夜。

"很久以前，那个时候我们的父母都还年轻，他们携手创造了这个家，然后各自成家立业。你说，你们说，是不是，当时的月亮，比较圆？"

他们没有回答。起风了，冬天的风理直气壮，我们依偎在一起，想像当初一样。

很久之后，当我做梦的时候，梦中总会出现这样的景象：我还是五六岁的样子，表哥刚过十岁，表姐更大一些。他们俩牵着奶奶的手，因为奶奶的手不够用，所以不得不把我背在肩上，我贴着她那佝偻的背。我们是去看戏，戏里有好多没见过的人。他们唱得可好了，唱离别，唱死亡。我说为什么不唱点儿让人开心的呢。那个时候我还小，总认为开心是最重要的事。奶奶说因为人世间不是只有开心啊，还有更多能让人清醒的感情。我不大懂。然后我又问，戏唱得那么晚，黑天会很害怕的。奶奶笑笑，同时握紧了表哥和表姐的手。

她说，有月亮啊，有圆满的月亮，带着我们回家。

回家

一

得知警察要来的时候，她还在田里干活。烈日炎炎的夏天，太阳随便挥挥手，落在人脸上便是密集的汗珠。原本打算下午把杂草除完，怎奈来了麻烦，她明显看见婆婆焦急地跑来通知她时脸上的慌张。她有一只鞋还没提上，像是刚刚被一只疯狗追赶。婆婆支支吾吾地比画着——她是哑巴。于是她便懂得了，是警察接她回家来了。婆婆的皱纹提醒着岁月来过的同时提醒着她的哀愁也来过，并且比岁月声势浩大。

"快躲躲吧！"婆婆的意思她明白，面前的老人此时此刻恨不得张开口大声喊出来，或者觉得自己的手不够用，要么肯定能更清楚准确地表达警察来了有多么恐怖的意思。婆婆焦急得快哭了。

她拽着婆婆沾满污迹的袖子快步走回家。一路上婆婆跌跌撞撞，毕竟有一只鞋随时有叛变的可能，可婆婆似乎顾不了这么多了，即便是光脚也要尽快回去。

她回到家的时候志强还躺在炕上，他睡得很沉，像是跌入了梦的深谷。他不知道发生了什么。没关系，自从他被检查出肝癌以后，她就习惯了他的沉睡，也习惯了他逐渐枯竭的生命。眼下还没必要叫醒他，也许等他醒来事情便已经解决了，毕竟他疲惫的生命再经不起任何打击。

她看着婆婆，婆婆用手比画着，示意她现在要立马藏起来，警察来了就说她早就逃走了。老人像孩子般一直点头，满脸岁月的沧桑被眼里的泪水装点得万分辛酸。

她转身跑去仓库，婆婆跟着。仓库一直是她不敢触碰的梦魇，这么多年过去，她极少进入这间逼仄的房子，而眼下她不得不控制自己内心的抵触。仓库的地下有一个很小的窖，用来在炎热的夏天冷冻食物。她和婆婆合力打开窖的盖子，扑面而来的冷气让人质疑夏天的存在。婆婆回屋拿了几床棉被子给她，否则她在里面会被冻坏。她看着婆婆，眼泪在眼眶游转。可是她没有哭出来，她不想让老人难受。然后她再次嘱咐婆婆如何应付警察，还有要照顾好志强。婆婆不住地点头，看着她进了地窖。

西月走进地窖，看着婆婆艰难地盖上盖子，随后眼前弥漫起无孔不入的黑暗。她不敢打开手里的手电，怕警察会找到她。漫长的黑暗中，她想睡觉，倒不是困，只是除了睡觉，她还能做什么来应付眼前的黑色与疲惫呢。

她裹着一床棉被，还有一床铺在地上，恍惚间她好像看见了去世的父母亲，他们也在看着她，于是她试图看得再仔细些，一不小心便跌进梦里。

她第一次进入地窖的时候是有想死的冲动的，当时她觉得人生已经走到尽头了，她不知道被拐卖的自己面对的将会是什么。那时候也是夏天，她的双手双脚被绑着，绳子硬生生地锁在肉里，一动便是撕心裂肺的疼。她在暗无天日的地窖里由愤怒到绝望，一点点流走的不仅是希望，还有活下去的勇气。

其实她父母出车祸去世之后，她便想着自杀，觉得似乎只有这样，才能对得起自己的自责。虽说父母的死不是由她引起，但突如其来的灾难带来的无能为力更令她癫狂。她想自杀，哥哥似乎发现端倪，便时刻盯着她，说无论如何日子还得继续。哥哥早已毕业成家，本来一家人生活得很幸福，可是只一瞬间，她殷实的家庭便解体了。还上着高中的她不知道何去何从，好像老天毫无征兆地就把她的路拦腰折断，留她一脸茫然。

哥哥说，来和我一起住吧，供你上学。她不作答，只是一个人在老房子发呆。时间这东西，有时候会改变一个人对幸福的感知力。她在一个下午离开家乡，没有告诉哥哥，便踏上一辆开往北方的火车。

她以为自己能够过上与悲惨过往毫无关联的人生，平平淡淡，打工赚钱，结婚生子，只要可以离开家乡。尚且年轻的她固执又简单，以为生活可以靠自己的一厢情愿充实起来。

她在火车上遇见一个年轻人，他穿着笔挺的西服，英气十足。几个小时之后他们逐渐交谈起来。他说此次出差是去公司总部面试一批新成员，不过未能找到合适人选，他便回来了。不得不承认，听到工作这一类词语，她便感觉有什么力量在她身体里涌动，不安的，张狂的。随即她便询问他们要找的是什么样的员工。他笑笑说不过是一些推销员，不过要求相貌端庄，可以讲英语或者其他语言。她听了内心欢喜，想来自己虽高中没有毕业，可英语却是非常好，参加过的各种英语比赛也都拿着证书而归。她便向他说了自己的处境，并介绍自己的能力。她明显看到他眼睛里的光，那表示她有机会。

如她所愿，他答应带她去分公司做一次简单的面试，于是她打算和他一起下车。那时候她觉得既然老天夺走了她的父母，那必然会还给她什么作为补偿吧，比如途中遇见的这个可以给她工作的男人。这就是所谓的否极泰来吧，虽然得到的远比不了失去的。

他们下车，进入一家咖啡厅喝咖啡。她去洗手间补妆，毕竟一会儿要去面试。他坐在位子上等她。她喝了一大杯咖啡，吃了甜食，准备迎接全新的美好生活，她那么年轻，骨子里都是热腾腾的朝气。

可她醒来之时，已经在地窖里了。

天是暗的，并且她不知道什么时候能亮起来。

二

她睁开眼睛的时候，觉得自己在做梦，要不为什么自己动不了，身体被绳子紧紧地绑着，坐在寒冷的地窖里，而且她明显感到自己的身体有异样——她被强奸了。

这肯定是梦，她想着赶快醒过来吧，自己还要去面试呢，还要去过美好生活，一个梦怎么能剥夺她向往美好的权利呢。她真想扇自己一巴掌，这样就可以告诉自己，告诉自己不要害怕，只是一个梦而已。

她自言自语，眼泪哗哗地淌下来，然后咬着嘴唇，血淌下来，她舔着血，有明显的腥味。这不是梦，她终于躲避不了了，这不是梦，她已经被拐卖了，被那个衣冠禽兽拐卖了，她的青春，她的人生，已经毁了，从此再也没有好坏而言，有的只是漫长的，看不到尽头的绝望。

眼下她还是在地窖里，只不过没有当初的不知所措，可是恐慌还在，从前和眼下都在为未来恐慌。

她被拐卖后的几天，都是在暗无天日的地窖里度过的，可是让她觉得讶异的是，她此时此刻不再想自杀了，没有父母去世后对生命剑拔弩张的气势。或者说，只有到身不由己之时，才看出活着的可贵，哪怕这般苟且地活在屈辱的基础之上。她想继续活下去，她知道她没有自杀，仅仅是因为她怕死。如果这个理由不充分，那还有便是，她想再看看那个禽兽，至少要把唾沫吐在他脸上。

可是当她看见人的时候，才发现已经不是那个男人了，取而代之的是一个满脸皱纹的人，空灵的大眼睛被岁月包围着。西月看着她，她知道自己的眼睛里满满的都是愤怒，似乎是假若松开她，她便会张牙舞爪地冲上去吃了老人。她大吼："放我出去！放我出去！你们这群禽兽！"她声嘶力竭，眼泪淌下来，头发粘在脸上显得愈加狼狈。老人只是看着她，直直地看，然后她转身离开，回来时身后跟着一个男人。他穿着灰色的衣裤，沾满尘土，皮肤黝黑，脸部线条明朗，是瘦的缘故，看上去三十岁左右，比那年轻些也说不准。他同样拥有大眼睛。西月看见老人跟那个男人比画着，这才了解到老人不会说话。西月照旧大喊着："放我出去！放我出去！"

那个男人跳进了地窖，慢慢地走进西月。她看他靠近便下意识地想后退，可她没办法后退。男人一直盯着她，仿佛要把她看透，而她的确，被这男人的眼神吓到了。

"你要干什么！你要干什么！我告诉你，你们绑架我是犯法的！"西月快把喉咙喊破了。

这时老人从上面扔下来一个馒头，男人准准地接住，然后示意她。她始终看着男人的眼睛，它们黑得像是藏了一个世界，没有穷尽。

"别叫了，吃点东西，我喂你。你要是再喊我就饿死你，或者毒死你喂狗。"男人依旧看着她，眼神里是不容分说的力量。

"你被拐卖到这儿，你要接受这个现实，没人会来救你，这里是深山，你要是听话，我就早点放你出来。"男人又说。

　　然后她强忍着眼泪，吃下了一个馒头，然后她看着男人和老人离开。她仰面闭着眼睛，慢慢地她睡着了，累得睡着了，好像是终于看到了自己的死期。这是她被拐卖后第一次睡着。

　　外面没有动静，不知道警察来了没有。自己眼下如此不希望被警察找到，当初的自己肯定是没有办法理解的。最开始的时候，她在地窖里没有事做，便整日想着怎么逃跑，她想了几十种方法，最后多到已经混淆。

　　她被放出来是一个月后，这一个月，男人每天喂她吃饭，其中有几顿是有菜的，男人依旧习惯盯着她，她也依旧被那双眼睛恫吓。后来有一天他喂她吃饭后没有离开，他站在原地，问她："我现在放开你，你乖乖和我生活好吗？"她愣住，然后缓缓地点头，不可置信地望着他漆黑的眼睛。当时她想的是，不管怎样，被放出去就意味着有机会逃走。

　　然后他给她松了绑。许久未动，她的四肢没办法活动，还坐在原地。他见状便扶起她走。她见到阳光的时候下意识地闭上了眼睛。在这之后的几天，她都不大敢去外面，明晃晃的阳光让她感到陌生，让她觉得刺眼。

　　她上来之后才看清这个家，家里只有老人和男人，似乎男人的父亲早已去世。老人不会说话，便在家料理家务，男人种田。房子不大，有两间，其中一间岌岌可危，被用作仓库，地窖便在仓库里。男人叫志强，二十八岁，有一个哥哥，不过在城市打工时意外被混凝土砸死了。老人六十岁，家里异常贫穷，所以没有人愿意把自家女儿许配给男人。

　　后来她才知道，原来志强的父亲进城出了车祸，不过肇事司机有权有势，志强家倾尽所有也没能打赢官司，什么没有得到，白白搭了一条人命。志强家只有那两间破房子了，还有十亩田地，种玉米。

　　她在最开始的一年内一直在逃跑，比如趁着志强下田、老人不注意便逃跑，什么都不带，只要跑出去就足矣。但多数结果是她找不到路，天知道这里怎么这么偏僻，没有山，也没有水，但就是跑不出去，一眼望去只有田地。村里的人明显知道她的底细，没有人和她说话，没有人借给她手机，事实上村里有手机的人屈指可数，贫困让这里与世界脱了轨。每次她都会看见志强慢慢走到她身边，不容分说地拉她回去，眼睛盯着她，她知道他生气了。

回到家，老人已经做好了饭，平静得好像什么都没有发生。

志强一直没有找到对象，最后只能用一千块从人贩子那里买一个女人回来，那便是西月。

西月不知跑了多少次，有时候遇到大雨，她整个人跌进田沟里，浑身泥浆，头发纠缠，身体无力，并且意识愈发模糊。她直接昏倒过去，醒来发现自己已经躺在土房的炕上了。

这样过去两年，期间她第一次经历在田里干活，第一次吃到野菜，第一次过年吃到年糕。

西月回想着这些，又突然觉得想念志强了。他还躺在炕上，身体愈见虚弱，生命像快燃烧到尽头的蜡烛，气数已尽。

志强是什么时候得的肝癌呢，西月也不知道。志强第一次昏倒在地里，被送去医院查出已是晚期。也许在西月仓皇着想要逃离这个家的时候，志强就已经被死神盯上了。

西月被拐卖两年之后，她才知道自己不再想逃跑了，一方面因为自己跑不出去，还有一方面是，她不得不承认自己已经习惯了在这个家里的生活。贫困，所以生活显得过分真实，在这里没有太多烦恼，身心都交给土地，不需要为纷繁的人际关系发愁，她终日面对很少的人，生活清淡起来。最重要的莫过于志强对她很好，这种好让人很难想到西月只是一个被拐卖的女人。

西月总是想起她和志强第一次同房的时候，那是西月被放出来的当晚。志强还是用那双大眼睛盯着她，西月看了很久，终于闭着眼睛躺下了。西月没有反抗，她已经承认了，当灵魂脱离躯体，身体便变得容易屈服，因此意义不再。

西月才十八岁，花一般的年纪，脸庞熠熠闪光。她在高中的学校里穿着合身的校服，听课记笔记，下了课去看男生们的球赛，生活本来平坦无碍，可一瞬间，她便变成了披散着头发，衣衫褴褛，无畏生命贫瘠的人了，仿佛她经历了大风浪，瞬间成长，却转瞬即逝踩满风尘。

她觉得自己成长的瞬间不是被意识到被拐卖的片刻，也不是走出地窖看见阳光的时候，那应该是一年后，当她发现她怀孕的时候吧。

她怀孕了，当她发现上天用一个孩子把她和志强紧紧连在一起的时候，她便觉得，这一生怕是再也跑不出去了。但由于长时间营养不良，加之她怀孕之初并未发现，仍旧在跌跌撞撞地逃跑，最终那个孩子没有留下。

那天接生婆满脸是汗，她把那个男孩子交给在一旁帮忙的婆婆时，婆婆哭了。那是西月第一次看见老人哭。她抱着死胎，眼泪滑下来，途径她满脸岁月馈赠的皱纹，她哽咽着，用脏手一直抹着眼泪。志强走进来，抱住母亲，他没有哭，他看着躺在炕上满脸虚汗的疲惫的西月，抱紧母亲。

从那以后，西月便不再想要离开了。她总是想起老人的眼泪，当她在田地里，在土路上，在园子里，那一张老泪纵横的脸仿佛刻在她的大脑里。她想着，一定要为这个家生一个孩子。

她生下死胎之后身体虚弱，老人在一旁侍候她，给她吃鸡蛋，喝小米粥。老人总是看着西月笑，好像在说，要她不要自责。志强去村里找了活儿，帮人家盖房子，一天二十块。西月看着每天一回家吃过饭便倒头大睡的志强，顿时心疼起来。

后来，当志强被查出患肝癌之后，他躺在炕上，看着西月，依旧是清澈冷峻的目光。他说："母亲这两年来一直在自责，她后悔买了你，她觉得坏了你的青春，有时候她会做噩梦，她梦见警察来了把你带走，把我也带走。"

那一刻她看着志强的眼睛，想着婆婆一贯的沉默与慈爱，任劳任怨，在岁月里的跌跌撞撞，流下眼泪。

志强说不治病了，癌症这东西，有钱也治不好，他少有地笑笑，坦然的样子。西月看在眼里，无限心酸。

"要么我去找我哥哥吧，他有钱，会帮助我们的。"西月说。

"我不会跑的。"她补充道。

"不了，你别离开我，也别麻烦别人，我们能过到现在的生活已经很好了。"他说。

可西月知道，自己和婆婆是不会放弃他的。

三

西月的婆婆站在院子里，佝偻的身体有些发抖——她在烈日下发抖。她听见了警笛声慢慢传来，带着毁灭的气息。她曾无数次在梦里梦见警察到来时的情景，此刻梦中情景一一展现在眼前，她脸上的褶皱都背叛了她，它们也不安地躁动起来。老人走过六十年，经历过动荡与贫穷，生活没能让她倒下，可只是这样简单重复的声音，却让她恍惚觉得生命在颤抖。

人越来越多，大家从四面八方围了上来。警察下车的时候，她看到他们一脸的森然，以及村民们或冷漠或幸灾乐祸的表情，仿佛自己已走上刑场，一瞬间枪声便会响起，而她的小家随着她的倒下而轰然倒塌。

为首的警察走过来，他看着站在院子里手足无措的老人，以及被贫困剥削的破败院子，眉头皱起来。

"你们家买了一个被拐卖的女孩儿，人贩子我们已经抓住了。"他看着老人，眼里的冷峻让老人紧张得把手握在一起。

四散而开的警察走进屋子搜寻。老人依旧那样站着，没有反应。

"她已经跑了，早就跑了，我们没拦住她。"老人用手比画着，同时擦了擦眼角的泪水。

为首的警察若有所思地看着老人。

"可我们听说她前几天还在地里干活，让她出来吧，你们犯了法就该认罪，不要藏着掖着了。我看你也一把年纪了，把她交出来，我们带她回家，算你们自首，也许能从轻发落。"

老人这次没有比画。

"一个女孩的青春就这么毁了，你也是从年轻时候走过来的，挽回不了了，那至少也要救救她的后半生啊。她还有哥哥，还有爱她的亲人。"

警察看着老人，知道她已经没有气力再辩解了。她的眼泪已经填满皱纹了。

警察看着屋里，却被突然跪下的老人吓到了。

老人直挺挺地跪下了，跪在他面前，她的腰背从来没有这么直过。她就这么看着警察，面对她的同乡们。在场的所有人都看着老人，有些妇女甚至抹起了眼泪，男人们也纷纷低下头，一部分人不忍观看已转身离开。

老人还跪在那儿，她不能说话，便坚定地跪在黄土地上。她的头发早已花白，手指也不再灵活，破布衫粘着尘土。

警察见状无奈地叹气，然后试图扶起她，可她仿佛长在地上一般，死死地跪在那儿。他们诧异于她的坚定，殊不知她已经屈服在土地上数十年，她的生命似乎早已属于土地。

"你就是跪死在这儿，我们今天也要带走她，这不是跪不跪的问题，这是原则，这是社会的准则要求。"

老人突然大哭起来，她干瘪的嘴唇撕裂了，然后她扑在地上，声音凄厉，这样一个年过六旬的老人的眼泪有多珍贵。人们终于散开了，有人唏嘘，有的人眼里流转着悲戚。

"你就交出西月吧，她还有家，况且你们家志强得了肝癌，活不了多久了，再缠着人家也不好是不是？"一旁的村主任发了话，他知道这么说会让老人更难受，可是自己说得又句句在理。

进屋搜查的警察出来了，他们带着虚弱的志强，志强似乎早已料到眼下的结果，眼神异常坚定，他知道自己若是倒下，这个家便毁了。

志强挣脱开警察，跌跌撞撞地走过来。他扶起地上的老母亲，替她擦去眼泪。他们站在一起，老与少，他们的生命都将被收回，志强逃不过病魔，老人熬不过岁月。

西月也被带出来了，地窖没能躲开警察的搜寻。她身上还裹着棉被，这条棉被还是婆婆特意为她做的，怕她刚到这个家不习惯旧被子，上面绣着传统的龙凤，大红色的被子异常显眼。

她扔掉被子，也挣脱开警察，走过来，挽住志强的手，另一只手抚摸着婆婆的脸，她看着婆婆笑笑。

"我们受你哥哥嘱托，带你回家。跟我们回去吧。"为首的警察说，他的一张国字脸正经严肃。

婆婆紧张地看着西月，手紧紧攥着西月的衣服。

"谁说我是被拐卖来的？谁说的？啊？"

"我是心甘情愿来的。"西月微笑着看着警察一众，在场的零星村民心里都叹了口气。

"我们家的私事你们也要管吗？"西月的语气咄咄逼人。

为首的警察显然不耐烦起来。

"告诉你们，这种事我见多了，赵西月，好好的家你不回偏偏守着这间破房子！你今天走也得走，不走也得走，你哥哥说了，就算你死了，也要把你带回去！"

"我不走！我在城里没有家，这才是我家。"

"跟我回去，否则你哥哥会起诉，那就不好办了。你整整失踪三年，他多担心你你知道吗！"

西月还是坚定地看着警察。

"回去吧，和他们回去吧。"志强松开西月的手，看着她说。

西月不可置信地看着志强。

"说什么呢你！"她恶狠狠地瞪着志强。

"我说回去吧，这三年苦了你了，我也活不长久了，不再耽搁你了。"志强看着她没有闪躲，眼神就像她刚被拐卖时般坚定。

志强知道，这个破败的土房不会是西月最好的归宿，他和母亲终究不能陪她很久，也许一年，两年，西月便不得不独自面对天地了。他躺在炕上的时候想，让她回去吧，她伴他三年已是他的福分，再死死纠缠只会害了她。

"你看，他都让你回去了。跟我们走吧，也许你哥哥不会为难他们的。"警察们也纷纷附和。

西月看着志强，也看着婆婆。婆婆没有哭，只是一个劲儿地捏着西月的衣角。她知道婆婆已经没有气力了，她一辈子的苦衷让她没有力气再去掉眼泪。

"好！我回去，你现在给我哥哥打电话，我要和他说话。"

为首的警察照做。西月拿着手机，眼泪掉了下来，她知道自己没有退路了。

"我是西月。"她对着电话说。

"我现在和警察回去，但你要答应我，私下解决了这件事，不要为难我丈夫和婆婆。"没等哥哥说话，她便挂了电话。

——别为难我丈夫和婆婆。

——别为难我的丈夫，我的婆婆。

西月此时此刻没有悲痛也没有欢喜，她只是想着最初在地窖里的日子。老人打开盖子，老人用大眼睛看着她，她背后的男人和老人一样有一双炯炯有神的眼睛，只不过他们的眼睛里满满的都是对生活的疲惫。

——丈夫，婆婆。

四

西月再一次走在城市的街道上。这三年她几乎已经忘了这座城市的样子，她关于它的印象还停留在三年前，那时候她刚刚失去父母，正准备逃离，当时这座城市还没有这么多高楼，而眼下的城市建筑仿佛要插入云端了。

西月还想着自己离开村子时的情形，志强微笑着把她送上警车，嘱咐她好好生活，不要惦记家里。他还是那样看着她，炯炯有神的。婆婆没有动，还站在原地。她拉上车门的瞬间看到婆婆缓慢地走进屋里，她走得很慢，低着头，凝聚在西月心里，以一个孤独的形象。

西月知道自己为什么这么轻而易举便妥协，她不是怀念这座城市，也不是因为想念哥哥，她只是想回去找哥哥，向他借钱，给志强治病。她知道志强是真心地希望她可以过上好日子，像从前那样。

西月摸着自己的脸，她知道自己青春不再，哪怕自己眼下也才仅仅二十一岁，可她已经老了。她的心不再为繁华的外在的美感动。

哥哥看见西月便快步走上前把她抱住，他哭了。西月知道他这些年找自己肯定很不容易。

"你终于回来了，你回来了，不走了，回来了。"他不断重复着，眼泪甚至浸湿了西月的衣服。

西月看着哥哥，这三年他也苍老不少。

哥哥带她去商场买衣服，带她回家。嫂子在做饭，看见西月也拥抱她，哭起来。哥哥有了孩子，男孩子，三岁。西月看着眼前可爱的孩子，不禁想起自己死去的儿子。她还没来得及喂他一口奶，也没来得及给他做一件衣服。想到这儿，她哭了起来。

哥哥安慰她说回来就好。他们吃饭，彼此没有说很多话。哥哥不住地给西月夹菜。

"你不要追究他们的责任了。"西月一本正经地看着哥哥。哥哥没有说话。

"老人六十三岁了，男人得了肝癌，就让他们自然离开吧。"

哥哥看着西月，她黑了很多，眼睛里也沉淀着更多的名为生活的东西。

"好。"哥哥低头吃饭。

"明天去爸妈墓地看看吧。"哥哥说。西月点头。

西月晚上躺在柔软舒适的床上不能入眠，她想念那一铺炕，婆婆总是把它烧得滚烫。婆婆和志强现在睡了没有，志强的药快吃完了吧，他是不是还难受着。西月想着。

最后她终于疲惫地睡了过去，梦里婆婆和她在田里，志强坐在旁边喝水，她的手被杂草割破，婆婆从自己衣服撕下一角，为她包扎，然后让她去旁边坐。婆婆佝偻的腰背在田里一起一伏，汗水都闪着光。

第二天西月和哥哥站在父母的墓碑前，他们把花放下。哥哥坐下，示意她也坐下。

"这三年过得不好，委屈你了。"哥哥说。

"不，我过得很好。"西月坚定地说。

哥哥疑惑看着她。

"志强对我很好，婆婆对我也很好，我们在田里干活，等待丰收，过年我们会吃年糕，我们有一铺炕，夜里它很暖和。我们还有一个小园子，种果树和蔬菜。婆婆为我做一床被子，很好看，也很暖和。我们会去看戏，台子搭在外面，唱戏的人画着浓妆，手舞足蹈。"

"够了，现在你已经回来了。"

"我还要回去。"西月转过来看着哥哥。

"我要回去，那是我的家，有我爱的和爱我的。我还有个孩子，不过出生就死了，我还要为志强生个孩子呢。

"有很多时候我问自己为什么忘了城市，偏偏爱上那个农村。那里生活艰苦，不过那确实是真真实实的生活。我们为了温饱努力干活，有和善的邻居，还有温顺的羊羔，活泼的青蛙。有时候，我觉得也许就是命运吧，是命运，不容分说地让我去接受另一种生活，好在我爱它。"

"那我呢？我就只有你这么一个妹妹。"西月哥哥说。

"你不希望我快乐吗？"西月反问。

哥哥没有说话。

"爸爸妈妈，不知道你们过得怎么样了，在那边还好吗。应该还好吧，至少你们彼此陪伴。我啊，也找到另一半了，只不过这过程心酸又波折，可是那不重要对吧。我觉得那不重要，人这一生总要用一部分委屈去换长久的幸福吧。我有丈夫了，哪怕他很穷很穷，我也有慈爱的婆婆，她对我很好。我差一点就有孩子了呢。你们肯定不相信吧，我才二十一岁啊。是啊，我才二十一岁，不过真的好像已经经历了一辈子。有时候我会很累，不过只要想想在不远处有属于我的一间房、一铺炕，我就知足了。人是不是看清了生活就会懂得知足。

"我很想你们，不过已经没有最初那种撕心裂肺的疼了，时间总会让疼痛变成感怀。我要回去，你们也会同意吧，我曾经热切地想脱离痛苦找到新生活，眼下便是那片海阔天空吧。就算还有很多人不理解，可那总归是外人的看法吧。没有人比我更知道，我有多爱我的家。"

西月对着墓碑说。

"我丈夫得了肝癌，他还在家里，我很担心他，婆婆年纪也大了，所以我的存在对于他们有多重要，你们知道了吧。我得回去，要么他们应付不来的。我不是小孩子了，你们不知道吧，我可以一个人扛一袋子大米，也可以修电灯泡。这就是生活吧，教会我去承受，然后爱上它。"

西月坐在地上，眼睛看着远方，身旁的哥哥没有说话，她额前的头发服服帖帖，她静坐的身躯像是一个坚定的承诺。

"借我钱吧，我得回去，志强需要我，他需要治病。"西月看着哥哥。

哥哥没有回答，自顾自地抽了一支烟。然后起身，拍拍尘土，点了点头。

当西月再一次坐上火车的时候，她觉得恍如隔世，上一次，火车把她推向绝望，也推向她的家。

火车迅疾前行，风景破碎在车窗里。她紧靠车窗，手里紧紧握着她的包，那里有哥哥给她的现金，那是志强的命。

她在火车的颠簸中睡着了，应该是睡着了吧，要不志强的脸怎么会这么清晰。

梦里她还是十八岁，她坐在地窖里怒吼，志强走上前和她说："你再叫我就饿死你。"她便不说话了。

志强喂她吃馒头，她吃下，混着眼泪。

还有她们一起过年的情景。婆婆拿着刚出锅的馒头给她吃，太烫，她险些扔掉，婆婆慈爱地看着她。然后她们三个放起了鞭炮，那是志强走出十里地去买的，志强把鞭炮点燃，然后她们三个在一旁抱在一起，嬉笑打闹。

西月醒来的时候已经是晚上了，外面的月亮明晃晃的。她调整个姿势，望着窗外，离家的人要回家，月亮也圆了起来。

天黑得看不见风景，也看不见方向。

不过她不担心，这辆火车，会带她回家。

回家，有他，有她，和她的家。

迷宫

一

我第一次见到蓝澜的时候是在深秋，树叶疯狂地往下掉，颓败地铺了一地。天空被秋风吹得极其干净。她着素颜敲了我别墅的门，然后对我说："我想租房子。"声音轻细而又缓慢。我随即看了看她的行头，一身纯白的连衣裙散漫地搭在身上，脚上踩着一双有些旧的白色高跟鞋，手里还抓着一个暗红色的行李箱。我心中猜测她可能是一个学生或是刚刚出来闯荡拼搏的年轻人。恰好我要租房子，于是便同她谈了条件，她随即便说好。不过我告诉她："我是个作家，喜好安静，只要不打扰我的心绪便足矣。"而后我帮她提着箱子到了二楼，告诉她从今往后就住这儿。她冲我淡淡一笑，有些勉强。我没多说什么便下楼进了书房。

我至今都不了解自己当时为何如此轻易地让她搬了进来，也许是她的单薄身形令我动容，抑或是怜悯她孤寂一人，就是所谓的缘分吧！世上很多东西都可用缘分来隐盖其不明了之处抑或是纷杂之处。

她的确是很守规矩，在楼里极其安静，状似我从未有过这个租户。她会偶尔敲开我的书房门问我借本书看。我告诉她日后倘若想看书只管来找我。我问她的职业是什么，她笑笑，很自然地说她是幼师。我问她在哪所幼儿园工作，她说在"桃花源"。我一下子被这个名字震住了，于是脱口而出："有时间带我参观参观！"我后来才反应过来我们从未熟络到那种程度，而说出去的话又不可收回。她说："孩子们不喜欢见生人。"随即便拿着书匆匆走了。

大约她住进来的一个月内我们的生活都异常平淡。我穿着朴素的衣服半躺在椅子上寻求轻松，抑或是望着窗外日日变更的景象企图找些写作的灵感，而后在键盘上匆忙敲打。而她则待在屋子里很少出来，有时候我会一整天都看不到她。

月底，我的新书出版，卖得很好。编辑约我吃饭，直至半夜才回别墅。在我打开门的时候蓝澜恰巧要出门。我迷糊地问道："这么晚要到哪去？"她没回答便匆忙地走了。我倒在沙发上就睡着了，第二天我发现她已经回来了，没等我问她她就开口说："昨晚幼儿园出事了，我去看看。"她讲话时神情淡漠得就如看遍世间沧桑的中年女强人。听后，我便开始想，她那么年轻却承担起他人的生命，真了不起。

一日，她又来问我借书，我随手便将自己的新书递给她。她看了看封面，立马兴奋地看着我说："这书是你写的，我一定要看完！"她住进来这么久，头一次这么开心。

二

她问我借书的频率越来越高，我看见过她读书的样子：上半身倚在床沿上，两腿向后弯曲，眉头紧锁，全神贯注地看着一字一句，好像在和书中的灵魂进行深刻而诚恳的交流。她和我说过："我从小就梦想着当个作家，可现实生活还是很残忍的。"她自嘲般望着我，我很是动容。我回想起我过往那些极其艰难且隐忍的岁月。初来乍到不知天高地厚四处碰壁，拼搏了十几年才安定下来。我告诉她："生活本就是这样，任何人都无法穷尽理想与现实的牵扯，只要自己不后悔便足矣。"她笑笑然后说："你为什么不结婚，你条件这么好还愁找不到一个知心伴侣？"她狡黠地看着我，似一个年幼的孩子。我随即便回答她："写作其实是不断将自己的灵魂公之于众的过程，我不想把一些无奈与苦楚以及抑郁转嫁给我爱的人，那是一种罪恶。有些东西自己创造的还需自己承担。"她听后似懂非懂地点了点头。

很长时间后，我都不知道她是否真正理解了那句话。我们都试图遗忘那句话，可怎奈生命的玩笑开得让人不能自拔。

三

一天午夜，朦胧中电话响了，我极其不耐烦地接了起来。起初电话那边没有声音，后来听到了很小的哭泣声，断断续续的，抓住人的心不松开。我大声地喊："你是哪位？"我本以为是哪个精神病打来的，可随即我想到了蓝澜，我的手机号没有几个人知道。我焦急地问："是不是蓝澜？"边问边穿衣服走上二楼敲她房间的门，没有响动。我确定是蓝澜，便问："你在哪儿？"那边却挂了电话。

我惴惴不安，便出去找她。我还记得"桃花源"。我告诉出租车司机："去'桃花源'，是个幼儿园。"司机听后很诧异地望着我，嘲讽着说："那是本市最大的夜总会！"我顿时木在那儿，但仍然告诉司机就去那儿。

我下车后便看到了"桃花源"，装修奢华，门面上镶着的满是暗紫色的彩门，灯光散发出的神秘气息令人神往。我走进去，刚进门便看见了许多人忘我地喝酒，那些暗红色的液体轻易地锁住了人们的灵魂。周遭诡秘的灯光扰得我心烦，我竭力寻找蓝澜那单薄的躯体，最后在角落里的一个小舞台上看到了她。还是那件白色的连衣裙，面色素净，头发披在肩上，两只手握着话筒，呓语般哼着一段旋律，没有词只有旋律。我就在下面望着她，如同那里无数落魄的灵魂，最后她开始小声啜泣然后走下舞台。我反应过来，上前去抓住她，她呆呆地望着我。我大声地问她："你不是幼师吗？"我企图让声音盖过身边的嘈杂。她苦笑着回答："每个人都是孩子，生活在自己的世界里，倔强地横冲直撞、乐此不疲。"我不耐烦地看着她气急败坏地说："和我回去！"便硬生生地抓着她的手往回走。她没有挣扎。

现今我才明白她早已不会挣扎，人一旦长久地浸淫在一种情绪或状态中便会变得钝重麻木。我们都是这样，那些嗜酒的人也是如此。很多个中午，我坐在椅子上回想起那些早已麻木的人目光忠诚地望着素面朝天的蓝澜时的景象，他们喝着手中的红酒抑或是点上一支烟。我也许和他们早已一样，只不过姿态迥异。我将自己锁在自己的世界里讲大道理，为世俗找尽理由。这也许是这个时代的悲哀，而我们是这个时代的奴仆。

四

很长一段时间后，她才告诉我关于她的一切。这段日子里，她比以前更加沉默，整日待在房间里。我一直试图询问她是否病了，但却一直没能说出口。我开始困惑她究竟是个怎样的人。一天下午，我一人站在阳台上看风景，无聊至极，不知道什么时候她走到我身后。

"你想问什么就问吧！"她轻柔地说。我回头看了看她，她冲我笑笑。"我想知道你为什么会在夜总会。""因为我在那唱歌。"她回答我。"那你那天为什么打电话给我？"我接着问。"因为我男朋友说他开始讨厌我了。我告诉他我身边依旧有爱我的人，然后就打给你了。我以为你会挂，可你却来了。"她故作轻松地说。"你男朋友？"我又问。"嗯，桃花源的贝斯手。"

她长呼一口气说道："我知道我这样的人不易受人待见，所以我会掩饰，我怕你会和其他人一样用异样的眼光看我。"她自嘲。"然后呢？"我略带讥诮地问道。"然后我发现你的确和常人不同，作家看人看事的角度该都是准确而公平的吧！""讲讲你男友的事儿吧！别怪我太直接，这或许是我的职业习惯，总想了解不同人的生活状态与生活以此来充实自己的素材。"

我同她走进客厅，我示意让她坐下慢慢聊。

"我和他相识六年了，我记得我们第一次见面的时候是在高中，他上台为全校师生表演，非要自己弹贝斯，不用乐队帮忙。那时候真是年纪小呢！他因为紧张弹错了好多音，最后仓皇地红着脸下了台。我当时便想，这样一个青涩的男生该是多么纯净，现在想想都会笑起来。

"我们都没有上大学，我跟他到处唱歌。他不知怎的就开始走入歧途，他不满于现今的生活，一心想成个富翁，可眼下的时代哪那么容易轻易实现他的梦想！他开始和许多有钱的女人纠缠不清。我都明了却一直未与他明谈，我知道他作为一个男人的无奈，而我不想放弃他并非因为我已原谅他，而是因为我不想失去他。前一个月他沾上了毒品，便疯狂地向我要钱，我根本没有那么多钱，他便开始数落我、打骂我，然后就发生了那天的事儿。我很想念曾经那个单纯的孩子，我会去找他，我想念那些弹错的音符。"

我看着蓝澜的脸，心中有未明的酸楚。这爱情故事并不少见，但如此近地了解这样的事却令人慨叹。她故作冷静地冲我笑了笑，说："我会去找他的。"

"嗯，我一定要找到他！"

五

蓝澜真的去找他了。我知道这是她生命中必然的关卡，因为人一旦爱过了头便会伤痕累累，因为两个人的爱很难均衡。她走后我依旧如从前一般生活，简单枯燥。

其间我又去了一次"桃花源"。那儿的人说蓝澜辞了工作，她男朋友被警察抓走了，这里则换了新的贝斯手。他们默契地配合着，表演出一支支华丽的乐曲。

总有些人要离开，总有人的位置会被替换，没什么可以永恒，唯短暂可以持久，也唯有痛苦才能使人长久清醒。

我不知道蓝澜去了哪里，我可以想象到她一个人走在街上前行的样子，孑然而又决绝。我甚至没有她的手机号，她就这样从我的生活里消失了，我没有任何关于她的线索，我不会再见到她。

可蓝澜总让我讶异。那些不可能的事变成了可能。她回来了，是一个月后的事儿。

她回来的时候天已经非常冷了。早上起床会看到雾凇，像老人的白发。她敲了门，我裹着毯子去开门，她披着件墨绿色的破军袄，看到我冲我笑了笑便晕倒在我的怀里。我急忙把毯子披在她身上，将她送到医院。大夫说是高烧，并无大碍，打两针就可以回去了。我长呼一口气。我清楚地知道我开门看见她的时候的那一种感觉——快乐而又温暖。

她醒了，看看我又笑了。她总是用笑代替一切言语。我走到她床边看了看还有多少滴液，找个椅子坐了下来。

"我以为你不会再回来了。"我说。

"可我回来了。"

"回来就好，我知道你受了不少苦。"

"那是我欠他的债，我还清了。"她声音沙哑地说。

"没什么是忘不了的，就如没什么是不会过期的。"我安慰道。

"一切都可以重新开始，所以，我们在一起吧……"

六

我们回去的时候已是晚上十点了，我慌张地洗澡然后就回到卧室里睡觉去了，因为我不知道如何面对。

她的那句话我始终没有回答，不是不想而是不敢，无来由地恐惧。我从未惧怕过什么，但今日却退缩了。我不知道她是什么心情什么处境，且我们相差近十五岁。我自知自己没什么大优点，而她却说"我们在一起"。我躺在床上闷得喘不过气来，如同被人关在大笼子中，氧气越来越稀薄，眼睛开始适应黑暗。

从那日直到春天的几个月里，我的生活特别不真实，朦胧到似乎我从未有过那段日子。

蓝澜从那时开始变得开朗了一些，可以同我说笑好一阵子，没了最初的尴尬与羞涩。她同我谈生活谈写作谈音乐，但最后又总扯回她身上。那些困苦的往事我们都不想触碰，她也没有同我说过她去找她男朋友到底发生了什么事。

我开始适应她带给我的温暖。我做饭的时候她会从后面抱住我的腰、将头贴在我的背上，她会在我打字的时候放一杯牛奶或咖啡在我桌旁，那些上升的热气看了让人舒坦。她放一小盆仙人掌在我窗台上，绿绿的刺向外生长，充满生机和蓬勃。

我生日的时候她为我唱了一首歌，那歌我从未听过，很好听。我看着她的脸，她的声音柔和而又动情。我听着听着便落下泪来，她看我掉眼泪便开始笑，然后抱着我，很紧。

她生日的时候我送她一首小诗，那首诗我写了近一周，字字斟酌，字里行间充斥着情感。我说不清到底抒发了什么感情，她看了便说笑道："这我一定留着，价值连城啊！"

她的头靠过来要吻我，被我推辞了。

因为我从未承认我们之间的关系，因为我从未对她那句"我们在一起吧"做出回答。

七

蓝澜走了，走得很安静。她带着红箱子走了，没有告诉我。她总是那样。

她走的那天下了小雪，我早上起来拉开窗帘看到雪便心生舒坦。我走去叫蓝澜看雪，可发现她的一切都消失了。

我看到了她留给我的字条，压在鼠标下："我去找我男朋友。"

我看了之后很是平静，只是不知她的离开究竟是为了谁，是真的对放不下的男友心怀不舍，抑或是对我的拒绝心生难过。我不知道，但无论如何，她离开了。

我未去找她。一是我不知她去了哪里，二是我不知以何种理由去找她。自始至终我都极其被动，我仍不知如何看待她。

我也许只是她的驿站、一个停靠点。她受尽伤害便开始害怕四面楚歌，于是便抓住我，以免落个孤立无援。她也许仅当我是她自我安慰的后盾，她尽情地放纵，知道我会收留她。我犹记她说的那句话："一切都可以重新开始，所以我们在一起吧。"原来我们的关系有因果联系。"所以我们在一起吧。"只因她想埋没过去想开始，于是才找到我，我仅是可以给她慰藉的玩具。她给我的温暖仅是掩耳盗铃，帮助她自己忘掉过去，填补那个空旷已久的位置。而本来占据那个位置的人又回来了，我理所当然被抛弃。

原来我自己冥冥之中在乎我们之间的情感，我没回应蓝澜不知是否是个错误，但也许回应的结果也只是使自己更加狼狈。我惧怕自己再承担一个比我小的生命，于是我随遇而安。正因我的懦弱才没让她明白我的心声。

我了解蓝澜心中的决绝，她为爱而生，于是顶着巨大的压力去夺回自己的最爱。这是一种强大，勇敢地面对，而我则是永恒的退却。

她也许不会再回来了，我的牛奶和咖啡必须自己煮给自己，我的厨房也只有我一个人的气味，我再也听不到动人的乐曲了，没人再笑着望着我。她走了，带走了关于她的一切，留给我独处的悲哀。

我知道她走了，在这个初生温暖的春天，在这个美好的季节。河流又开始了新的旅程，上一个秋天的落叶无人问津。

八

夏天来了，不知怎的，我的身体总是不适，但我却未去医院，继续打字。我用手擦去了电脑屏幕下方的灰，一个季节过去了，炙热开始到来。

近日来我频繁地打扫蓝澜住过的房间，我看见床单的褶皱，心中竟生出酸楚。窗户外只有苍蝇向里张望，我看着它们大大的欲望，想到我们的生活。绝望充斥的生活也唯有欲望方可冲垮。

我觉得我老了，即使我没到五十岁，但我确是很疲惫。我打电话给出版社，告诉他们我出完最后一本书便收笔去旅行。出版社劝了我好久，可我心意已决。

我早就取好了书的名字，叫"迷宫"。我在许多夜里书写那些尘封的情感。书中包含了太多世情，关于人性的懦弱与坚强，关于生活的迥异姿态也关于某两人之间永恒的距离和百转千回般曲折的心路。一切都如迷宫般错综复杂，每个人都在迷宫中前行。

九

再一次见到蓝澜已是一年后。我站在阳台上看落叶，余光看到来到别墅门口的女人，依旧是单薄的躯体和暗红色手提箱。她敲了敲门，我就在二楼观望，那么平静，心无波澜。过了那么久，我早已看明白一切。我仅是一直望着她，未去开门，我从心底里想遗忘她。她打了电话，许久才合上手机——我的手机卡被我扔掉了。倘若她此时抬头看阳台便会看到我，可她没有。

她一共来了五次，每次我都看着她离开，平静地回房继续写书。我的书快完成了。

　　从那之后，她再未来过。我心中有些许放松。

　　书完成了，我也要去旅行了。

　　书在立冬上市。我喜欢雪，那么透彻，无杂质、无纷乱的纹理，无纠结的命运。

　　我的别墅还留在那儿，而我则在异国他乡。我不想再回去了。我看到了更多的风景更多的人，陌生的街道和陌生的面孔让我心生安适，无人再了解我的过去。

　　我每到一处都会寄明信片，收者皆是"桃花源"。我有一种情怀关于它。我从未承认自己在逃避往事的追缠，实为自己被自己的谎言所收买了。

　　一切都像是真实的虚幻，其实我从未看明白什么，也不会走出迷宫。

同手同脚

一

　　"有能耐啊管峰，有能耐怎么不管好你大姐那个贱女人！"

　　母亲气得脸通红，手指着父亲，咬牙切齿一字一字地说着，然后粗重地喘着气。

父亲没有说话，只是僵坐在沙发上，低着头。

　　"我告诉你！只要你大姐在，这个家就不得安宁，立马和她划清关系，省着惹一身骚。"母亲手里的纸杯已经瘪了，她狠狠地把它扔进垃圾桶，险些将垃圾桶砸倒。

　　"我自己会处理。"父亲沉默半天，低声说出这句话。他的头低得更低了，看不见脸，右手用力地搓着早已褪色的沙发。

　　"好，你自己看着办，但她要是影响了茨茨的治疗，我跟她没完。"母亲扔下最后一句话，走进卫生间，摔了门。

　　我料到事情会是这样，姑姑这次回来定会一起轩然大波。

　　我不想加入这场是与非的争斗，我平复呼吸走出卧室，走到姐的书房，她还在看书。我笑着告诉她早些睡觉，然后到冰箱里拿瓶可乐回到卧室。

　　关门的刹那，好像听到了一声沉闷的叹息，又好像没有。无论如何，都不会和我有太大的关系。

二

　　姐被发现神经系统有缺陷的时候才十七岁，我十四岁，而当她完全因病而失去记忆的时候，她二十一岁，我十八岁。

　　她病情严重的那段时间是家里最艰难的时候。起初她只是偶尔出现头痛的症状，后来疼痛愈演愈烈，晚上难以入眠。接着她便开始不间断地失忆，忘记去学校的路，忘记自己行李箱的密码，忘记朋友的名字。现今她能记住的只是当日发生的比较重要的事。父亲带她跑遍了中国的大江南北，仍然没有找到根治的方法，一个著名的上海医生建议我们帮她恢复记忆，他说我们也许可以通过这种方式强行地刺激她的神经，至少比什么都不做要强得多。

　　也就是那段时间，姑父被查出患了肝癌，不久便去世了，全家都沉浸在悲伤中，除了姑姑。姑父死后，她如同换了个灵魂，充满了精力要过她所谓的"好生活"。姑姑烫了头发，穿起了裙子，开始化妆，业余时间参加大量娱乐活动，完全不顾外人鄙夷的眼光。家人都劝她把握好分寸，毕竟自己将近六十岁而且丈夫才刚去世。但姑姑不听劝，我行我素。除此之外，她私下以各种理由向儿子要钱，仍然不满足，硬要卖房子，但被父亲制止了。父亲告诉她要是她卖了房子就永远不要再进家门。就这样，她才平静下来。后来她自己去了大庆，没有了音信。

昨天她突然又回来了，脱胎换骨般，比以前年轻许多。她只是回来告诉我们她要结婚了，同一个患糖尿病的很有钱的老头子，她只是想得到家人的同意，或是希望我们去喝喜酒。

全家人除了父亲全部对姑姑的行为不予理会或是不屑理会，每个人都觉得丢尽了脸面，唯独父亲，固执地坚持着为姑姑着想，替她挡住外来亲属的恶语相向。

母亲才同父亲吵了架，说："有能耐怎么不管好你大姐那个贱女人。"

姑姑回来没有住在任何熟人家里，她住在宾馆。当她来家里吃饭的时候，我在花园陪姐散步。我接到母亲的电话，要我们回家吃饭，便领着姐回家。回家路上，姐问我谁来家里了，我说姑姑。她却说："我不喜欢见生人。"我没多说话，只想要是我也失忆了该有多好。

我们才刚进屋，姑姑便迎了上来，我看见她皱了皱眉。

"几个月没见，好像都变样了！"姑姑自顾自地笑着，没人回应。

姐向来对"生人"没有兴趣，连看都没有看，姐便拉着我走进书房。

"哎呀，这是怎么了？"姑姑问道。

"孩子不愿见'生人'。"母亲冷冷回答。姑姑翻了个白眼没说什么。

吃饭的时候姐没出来，我给她送过饭又回到饭桌。姐不出现有理由，我不出现就不对了。

"你们不知道大庆有多好，比这儿干净多了，空气也好得多。待了几个月，我的气管病都好了不少。"姑姑开了话题，时不时摆弄她那做过护理的手。

"我们享受不了，没那个福分。"母亲给我夹了青菜。

"大城市么，好是应该的。"父亲刚说话，抬头便遇到了母亲的白眼。

"小馨啊！有时间我带你去美容吧！人岁数一大老得特别快，你看你，为俩孩子操那心，也该想想自己了。"

"我没那么自私，以后用钱的地方多着呢！我又不是去勾引谁。"母亲又为我盛了一碗饭。我已经饱了，本想去书房，但现在也只能硬挺下去了。

父亲再也没有说过话。

所有人都吃完的时候，我偷偷地呼出一口气，此刻心情平静的应该还有父亲，他尴尬地夹在母亲和姑姑之间。

"小馨啊，我才刚做过护理，手不能沾水，就不帮你洗碗了啊！"姑姑站起来，坐在沙发上。母亲自己在厨房刷碗。我回到书房，留下父亲和姑姑两个人。

我不想听他们之间的谈话，那些你来我往似是而非的抱怨。他们如何处理他们的事与我无关，苦乐喜悲是他们两手创造的，我只想去帮姐尽快恢复记忆。

姐在书房问我："那个人就是父亲的大姐吗？"我点头。"我一点儿印象都没有，有些人就算忘了还是有印象的。"

"她对你没什么意义。"我说。

"可她总是父亲的大姐啊！"我再没能说出话来。其实我想说："她一直是父亲的大姐，她也只是父亲的大姐。"

四

五一的假期，母亲让我带姐回农村老家，看看能否唤回她的些许记忆，同时也避开家里的"纠纷"。

姐失忆后便像一个童真的孩子，什么都要问我，她说只有我才最值得信任，因为父母总是那么疲惫，她不敢去问父母，只有我每次和她讲话时会笑，也许，只有我从未抱怨过。

我带她看老房子。房子的门早已倾斜，怕是被哪家顽皮的孩子破坏的。窗户上的玻璃早就碎了，眼下风嗖嗖地钻进屋里，整个房子岌岌可危。

"你还记得吗，我从这个房子上摔下过呢！当时我要上去抓鸟，你怎么劝我我都不听，最后摔得一周没起来炕。"我用手指着老房子笑着对她说。

她尴尬又懊恼地摇了摇头。

"还有那儿！"我跑到大门口。

"有一年放炮仗你跑得慢，被崩到了，头发都焦了，戴了三个月帽子。

"你初中的时候成绩特别好，总考第一，我还不服气地说，以后要超过你。

"你高中放假有一次赶上我生日，你从市里带回来很多零食，有饼干、酸奶，那时候我觉得我生活的地方那么小。"

我倚着粗糙的墙，轻松地说着，感觉自己从很远的地方走来，将过去的年岁又观看了一遍，带着多年后怀念的心情。

"刚得病的时候你还总说，死有什么可怕的，死就死吧！好像生命说不要就不要了。

"我就感觉着从你得病开始我的生活就进了隧道，周围只有真实的恐惧，前方些许的动荡起伏都让我不安，仿佛突然就会撞到什么，或是再也见不到阳光了。就是那种感觉，压抑着，恐惧着，却又期待着什么。

"父母同样是如此，他们日渐衰老，他们加足马力地前进，明知岁月会让其体力不支。"

姐快要哭出来了，我便停下来不再继续。我带她去了很多地方，去看那些我熟稔于心对她而言新奇的事物。

我忘了告诉她："人的一生中注定有些人，无论如何都不会放弃。"

五

姑姑再次来家里的时候，母亲叫来了全部的亲戚，好像要让更多的人一同打消姑姑的念头，或是逼她鱼死网破再也别回来。

我帮亲戚们端茶倒水，我让姐在书房看书，不要出来。所有人都坐在客厅里，表情迥异。我忙完站在书房门口，倚着门。

"管蓉啊，非要去大庆干吗？儿子儿媳妇对你那么好，而且你这么做，别人怎么看呢？"一个长辈先开了口。

"就是，你不要脸面，我们还要，你走了倒是不用听人说三道四。"

"要那么多钱干啥啊？人家那老头子就算去世，财产也不能给你啊！这么大岁数了，活着不累吗？"

"你就说，你倒是怎么想的，你要走我们不拦你，但以后永远别回来，是死是活和我们都没有关系。"母亲开了口，手放在胸前，声色俱厉。

"你小点儿声。"父亲碰了碰母亲，却被母亲狠狠地甩了回去。

"我只是想问问，又没有人愿意在我结婚的时候看看我，我不在乎别人怎么看。"姑姑眼睛略微有些红。

没人回应她，万籁俱寂。

我看着眼前这个五十多岁的女人。突然有种莫名的酸楚。她曾经也和母亲一样勤俭持家，曾经也同我们欢笑过，玩闹过。她现在，面对全家人的反对与质问，也红了眼眶。

姑姑没再说什么，起身便走了。她轻轻地关上门，没有一个人上前去拦住她，所有人都木讷在那儿，我看见父亲用手抹去了眼泪。

"走了好，走了宁静，走了干净。"

"就是么，还真是丢人，怎么这么荒唐，这人骨子里就轻浮。"

"总有一天她会让人赶出来，她算什么啊！不知死活不知羞耻。"

"咱们家怎么出这么个不要脸的人！"

"都给我闭嘴，谁再说就给我滚出去！"父亲站了起来，眼睛红肿着，身体剧烈地颤抖，眼睛恶狠狠地盯着每一个人。

"你给我坐下！"母亲冲父亲喊。

"哪轮得到你说话！"父亲回手给母亲一巴掌。母亲的眼泪大颗地掉下来，脸肿了。

我走到母亲身边，用力地握住她的手。父亲喘着粗气，夺门而出。屋子里迅速安静下来，所有人都低了头。我意识到什么，飞快地冲了出去，去找父亲。

我看见他坐在楼道门口，剧烈地抽泣着。我在他旁边坐了下来。

我看到小区里的孩子们在玩耍，每个人都那么快乐。他们总有一天会长大，会面临分别，会失去很多人，会怀念。

"儿子，你说我还能怎么办？"他哽咽着，手攥得骨节发白。

"她是我姐，我还能怎么办。我明知道她安分不了，可她是我姐，不论别人怎么看，她都是那个小时候为我偷馒头吃的人，她都是那个替我洗衣服的人，她都是那个为我扛砖头、打架了告诉我别哭的人。要我怎么去放弃她，她以前为我抗下那么多苦，你让我怎么去怪她。我真的狠不下心，就是放弃不了。

　　"我知道她活得很累，她过得并不光彩，她曾经疼爱的弟弟如今却帮不上她。我知道她一定很难过，我真不是人！"

　　我擦干了父亲的眼泪。

　　"她是我姐，唯一的姐。

　　"你要我如何去放弃。"

六

　　母亲变得沉默起来，也许是生气，也许是自责，只是，很少同父亲说话。

　　姐今天哭着来我房间找我，手里拿着我的相片，她说："我快要忘了你了。"她扑到我身上。我笑笑说："没关系，我会提醒你记得我的。"她认真地同我说："假如我忘了你，你一定要告诉我你是我弟，我怕我伤了你。"她看着我，那么善良。

　　好像隧道终于要有了尽头，我好像都听到前方的海浪声了，我不知等待我的是重生还是死亡，我只是累了。

　　从前听过温岚的一首歌《同手同脚》。她安静地唱着歌，一改她常有的野性热辣。

　　"还记得，小小年纪，松开我的手迷失的你，在人群里一边哭泣，手里还握住冰淇淋。有时候，难过生气，你总有办法逗我开心，依然清晰，回忆里，那些曾经，有笑有泪的光阴。

　　"就算偶尔风吹雨淋，也要握紧你的手心，未来的每一步脚印，相知相惜相依为命，别忘记之前的约定，要和你同手同脚地走下去。"

七

姑姑结婚的那天，父亲还是去了大庆，也许是突然觉得自己对姑姑放下了成见，也许是怜悯或是其他。

母亲没多说什么，父亲走后，她同我说："你父亲该去的，就那么一个姐。"

母亲自嘲似的说："怎么办，管荧快忘了咱们了。"我笑笑说："没事的。"

有些记忆从来都没有消失，它们只是没有被开启罢了，它们都还在。

八

我与母亲陪姐去了北京，希望可以找到方法缓解她的病情。

大夫见到我们很诧异："不是说了吗，真的没有办法，真是少有你们这样执着的，真不知道是夸你们还是骂你们好。

"其实这种病人承受许多痛苦，他们没有选择的余地，只能看着身边的一切一点点地被自己抛进深渊，再也找不回来，等到他们什么都不记得的时候，或许是一种解脱。"医生说。

姐只是笑着："没什么，只要你们记得我就够了。"好像回忆说不要就不要了。

"你叫我怎么放弃？"

九

我们回到家的时候，父亲已经回来了，脸上带着如释重负的笑。从那以后，没人再提起姑姑，父亲唯一的姐姐。

我又带姐去了老房子，那房子更加破旧了，显得很滑稽，宛如一个不倒翁。

　　我们都没说什么，坐在地上，身后倚着墙。

　　姐突然问我："你叫什么？我怎么忘了。"

　　我愣住，转过脸冲她笑笑："忘就忘吧！那不重要。

　　"嗯，我是一个偷着上房抓鸟不听你劝最后从上面掉下来的小男孩，你是一个曾被炮仗烧焦头发的小女孩。我们成绩都很好，我向往外面的世界，你给我买好吃的。你瞧，这就是我们，只是长大了而已。"

　　我将头转过去，用手偷偷抹掉眼泪。

　　"你怎么了？"她关切地问我。

　　"没什么。"我牵住她的手。

　　"我带你回家。"

第二辑

浮生若梦

人生是一场没有尽头的修行

距离上一次和他通话，已经有大概三个月了，那时他参加我的升学宴，淡然地告诉我他要复读。我们久不联系，聊起来也没有生疏感，大概是因为我目睹他经历的好坏，对他的认识已足够深刻。

我打给他的时候是晚上十点——他刚刚下晚自习。高三一如既往地繁忙。东北下了大雪，他的声音有些抖，大概是冻得颤抖吧，等到他声音平静里带了劫后余生的快意，应该是到宿舍了，他说开始吧。

我和他曾是同桌，起初对于他的印象仅仅停留在"教师子女"、"幼稚"，甚至一度觉得他"傻"。说起这些，他笑笑说："父亲是老师，家教严，母亲当年没考上大学，把期望全都寄托在我身上。我小时候不能看电视，没有听过几首歌，生活里全部都是学习、学习。直到高一才第一次去市里的公园。所以当时我什么都不知道，对这个世界的认知仅仅停留在小学或是初中的水平，这就导致了你们觉得我'傻'。"

他说的这些，似乎就足以解释了他在我眼中的存在——高中时他还看着幼稚的漫画，不会唱歌，不知道圣诞节是哪天，很多常用字不认识，上课发言迟钝，胆子小，成绩处于倒数。

"那，那次自杀呢？"我问。

他有很长一阵子没来上学，学校里对于他的事情封锁得很严。直到他来上课，我看见他手腕以及脖颈的疤痕，也大概猜到问题没有那么简单。

"当我上了高中，发现生活不再局限于我的小圈子。我什么都不知道，大家嘲笑我。那时候我爸妈说那都不重要，还是学习最重要，可我很明确地感觉到我和同龄人相比缺了什么，现在我知道其实那时候我缺的是成长。

"后来你知道的，我爱上了一个人，可她不爱我，当下想想人家怎么可能爱我呢，我那么'傻'。那时候我不断地问自己存在的意义是什么，就这样进入恶性循环，成绩上不去，鄙视揶揄纷至沓来，加上感情受挫，父母施压，我只能选择自杀——现在看起来不明智，是下下策。可在当时，我只有这样才能让自己平静一点。"

他的事我都了解。他在班里被鄙视，家里人又一如既往地把他的生活用学业代替。他不被允许出去玩，每天只是补课看书。他爱上一个人，哪怕年少时的爱多半不算是爱，可他确实是付出了全部感情。他当时简单地以为，只要付出，便定会有回报。这是他母亲告诉他的，他必然奉为真理，并为之懊恼。可感情这东西，付出仅仅是付出，这是他后来才懂得的。

"我当时在卧室里，用刀把手腕划开，一共划了三下，然后觉得血还是流得慢，便割了脖子，然后躺在床上。等我醒了的时候，已经睡了三天了。我妈当时来检查我的作业，发现躺在血泊里的我。"

他又向我复述了他自杀的过程。在那之后，他的父母似乎发现了自己长期以来对儿子封闭式的压榨是错的，也逐渐放开他，让他自己去认识世界。

他开始大量地看书，只求成熟一些，下课便拖着我问各种稀奇古怪的问题。

"我当时只是想让别人看看，我不是那么傻，我也可以变得和大多人一样，甚至更加成熟。"

他的成绩还在下滑，因为落了很多课，而且成长不是一朝一夕可以促成的。他还受着感情的困扰，那个女孩子对他时冷时热。他依旧在寻求自己存在价值的泥潭里深陷。

"我那时候上课看小说，只是让自己忙起来，不去想她，不去想我的未来。"

有一段时间，他在绝望的时候或者思路堵塞的时候，便用小刀割手指，最后整个手不堪入目，他似乎也不觉得疼，以至于后来我们坐在周围的人再也不敢用剪刀之类的东西了，我们也看着他，不让他自残。

"你们是觉得我疼吧，可确实我不觉得疼。"他提起当时我们一度疑惑的问题。

"还有喝酒呢？你那时候也喜欢喝酒。"我说。

"我第一次喝酒的时候，很糗，喝了一口就吐了。从小我妈就告诉我绝对不可以喝酒。有一段时间，我喝一杯啤酒就可以醉倒。那时候我妈已经不大敢管我了，怕我寻短见。"

我记得我们有一段时间总是一起出去喝酒，他心情不好便来找独自在校外租房子住的我。他喝得满脸通红，口齿也不清晰，还在断断续续地问我活着的意义是什么。成绩他没有，以后不知道可以干什么，对任何东西都不感兴趣。他喜欢的人也不喜欢他。通常他会在喝到摇摇欲坠的时候和我出去走走。东北的冬天很冷，我们在路上哆嗦，他时常焦急地哭起来，他焦急地想知道自己可以干什么。

"高三最后一学期我都没上学，只想着就这么无所事事地走下去吧，后来还是舍不得班级的同学回去上课了。"

我们全班在他生日的时候给他做卡片，写一些话，让他回来继续上课。谁都没有提到"死"这个字。他回来的时候我们为他庆祝。他很开心，哪怕那时候他还处于绝望之中。

"还记不记得，那时候我想回到高二再读一年？"他反问我。

我当然记得，他第一个问我的建议，我说其实对他来说最重要的是找到自己的存在，否则不论怎样都还是走不出困顿的牢笼。当然最后他还是听了大家的话，没有回到高二。

"我最后还认真地学习了两个月呢。"他的语气中有一些骄傲，的确在那时，他最后可以踏实下来学习超出了我们的预料。我知道那时他看似平静的外表下依旧汹涌着不安。

由于课程落下太多，最终他的高考成绩还是不理想，只考到二本的学校。

"我眼下的改变，多半还是高考的失败带给我的。那时候我每天看见母亲以泪洗面。我不断地参加升学宴，见每个人都是开心的，圆满的，那种冲击力带给我巨大的挫败感，我开始觉得有什么是错了的。我开始懊悔，不为别的，只为我妈妈落下的眼泪。"

"我开始理解父母对我做的一切，哪怕他们做得不得当，可确确实实是对我好。经历了这么多，尤其到鬼门关走一遭，说实话我还是不大了解我的意义在哪，可似乎我已经开始明白我的存在就只因为我的存在。最后我爱的人还是不爱我，我也终于不再奢求，只剩下祝福了。我走过了高中三年就好像走过一辈子了。最初的时候我连一句话都说不清楚，你看现在我可以这么轻而易举给你讲大道理了。这就是成长吧。"他说。

当所有人以为他会去那所二本学校，继续煎熬在大学里的时候，他告诉所有人他要复读。他在大家面前喝掉一大杯酒，说等我回来。

"我现在学习有很大进步了，早起晚睡，什么都不想只是学习，好像又回到了最开始'傻'的状态，不过我知道我现在的努力学习是有靠山的，靠山就是已经成长了的思想。"

他说他要去学习了，我们寒暄几句便挂了电话。

我至今还记得，他最开始像小丑一般问我什么时候是圣诞节，为什么要过圣诞节，以及他翻看漫画书时的痴迷状态，因为那时他第一次看到不是课本习题的书。我记得他喝醉酒大哭，记得他手腕和脖颈的疤，还有他不堪入目的伤痕累累的手。当然印象最深刻的是他在饭桌上干掉一杯酒后说的决定复读的话。

他说："人生是一场没有尽头的修行，少不更事，好在来日方长。"

路漫长

一条路，两旁是悠扬闲散的树，从翠绿到枯黄，在节气里招摇。栖息着的鸟换了又换，鸟鸣不再唤起太阳。

一切都在时间的辗转流离下脱胎换骨。

唯一不变的，只有那条路，躺在尘世里，安安稳稳。

小时候我是沉闷的孩子，见到亲戚不会主动说话，只是低着头，被父母说成不懂事，去外面上学的时候被担心会吃苦。只是当下才知道，不论当时会不会说话，是否谙晓世事，苦都是在所难免，成长本就是苦撑起来的。

小学乃至初中，我都是寡言冷淡的模样。被嘲笑的时候不会反击，走弯路的时候不会抱怨，似乎一切与诉说有关的，于我而言都是空白。

高中好了些，有众多朋友，聊起来也昏天黑地。只是依旧保留了从前的习惯——有些话说不出口。时而一副心事沉沉的模样，好像拖着千斤重的躯干，走一段异常沉重的路。

有许多不会说的话，倒不是没有试着说出口。在初尝感情之后，才知人与人之间的感情难维系，比朝生暮死的露水长，比沧桑无言的人世短。所以也知道有些话，说出口未必有人可以理解并消化，干脆就咽下去，收容所有的言不由衷和尴尬。

大概七年时间过去，从前的禁区仍是禁区，不想说的话还是说不出口，只是眼下不再尴尬低头，而是微笑拒绝所有的试探。于是，从多年前的低头，到眼下的微笑，便也知道，我这个人，还没换。

离家之后，有了许多自己的习惯，大概是拥有自由之后对自己的赏赐，说起来不过因为任性。比如喝水总喜欢留一些在杯子里，我难以容忍杯子的干涩。比如睡觉时必须用耳机或者耳塞塞住耳朵，一旦拿开，便会从睡梦中惊醒，敏感得像刺猬。比如听歌的模式始终是单曲循环。种种此类，遍布生活每一寸肌肤。

就这样放任自己，使生活最终变成类似困顿一类的牢笼，自己躲在里面倒也心安理得，像藏在一个苍白的茧里。我时常觉得"作茧自缚"是一个褒义词，作茧自缚也不过为了安全，没有什么比安全更诱惑人心的了，毕竟不是每个人的生命，都是一场跌宕的大戏，更多人的生命，是大戏中间穿插的广告。

可即便是这样，也是不被理解的。我被人说成"固执"、"做作"，哪怕多是朋友们开玩笑的话，自己不大在意。可我总归在夜深人静之时会反思，有什么是错了的，也许错的是自己一贯的患得患失，也或者是对生活稍显自卑的观念。

想过改变，可我得承认，走过千万遍别人希冀的路，筋疲力尽，倒下再起来，汗水涔涔，最渴望的还是回到往日的安稳，回到那个苍白的或许无力或许懦弱的茧。

群居宿舍或者独居的这几年，的确是，也还没有变。

大致是三年前，我和当时我爱的人说："我这个人啊，真的很难爱上一个人，所以爱上了很难放弃。"她听了之后很高兴。姑且忽略不久之后她便没收我爱的权利这个事实。

直到现在我才发现，那句话类似于一句谶语，后面的几年，我都在甘之如饴地履行那句话。

高中同学聚会刚刚结束，大家半年未见，对彼此很想念，喝了一些酒，随后在 KTV 玩得很开心。唯一的遗憾也不过是，想见的人没能来参加。

和她吵吵闹闹度过高三，确认彼此耗费心力，最终投降，安安分分地相处，如她所言，好像亲人。这是好事，我们终于不再为自己争辩，而把发言权交给遥远未知的未来。高兴之余略显遗憾，遗憾不知道到何时，才会另遇一人，可以交付真心。嘴上说着来日方长，其实清楚，心里的土壤为谁肥沃，花为谁开，鸟为谁鸣，岁月为谁光辉，风尘为谁涂抹。

初入大学几个月，想着这次可以试着遗忘了，我便也真真实实地想接纳其他情感。一日做梦，她依旧是旧时模样，久别重逢我们相拥，梦中的我泪如雨下。醒来这才确认，其实，一切还如从前。

人世间，红尘外，哪有我们俗人的立足之地，只能且行且自我安慰。做一回自己的知己，把酒言欢，对月笙歌。等到生活没收激情，现实击落感怀，方可安安稳稳地成家立业。把命，交给模样不变的世界。把生活，还给尘世庸碌的自己。把爱情，递给注定冷却激情的婚姻。

翻云覆雨之后，在岁月沉淀出妥协的三年里，我，还没变。

在夜里打字，写一句就哆嗦一下，好像热情都给了屏幕上的黑字，契约般轻而易举交付出人生中最好的年华，拿青春去触摸梦想。

这几年每当别人问起我的年龄，我大都说周岁，即便与生日只差一天，也告诉自己依旧没长那终究会来的一岁。有人说我是装年轻，可我明白，我想一再地说服自己，还年轻，所以可以奋不顾身地做梦，可以义无反顾，可以理直气壮，可以心安理得。毕竟，梦想大都只有搭配青春，才光彩熠熠。

何况一旦毕业，面对的将是不讲道理的生活与现实。所以，我得尽力在变得庸俗之前，安放好易碎的梦想。

一次在夜里打字，我看了时间是凌晨三点。我又冷又饿，写到动情处，还是掉下眼泪来。回想起那些跌跌撞撞的日子，与周遭为敌，偏偏找一条最偏最远的路走。坎坷要自己走，泥泞也要自己过，阴暗潮湿只是我一个人的，爱与恨，全由自己操作。想起那些日子，一方面感动，一方面心酸，可即使是感动与心酸，身体仍旧在偏颇里拨云见日。

我大抵看得清自己，怎样在文字里忐忑又坚持。毕竟，我，还没变。

一条路，两侧是变幻莫测的风景，脚步时而轻盈，时而沉重。俗世总是偏执，时间又总是冗长。你的爱，你的恨，你的浮沉，你的雀跃，你的失落，你的隐忍，终将被原谅。因为你，还没变。那条路，还在那里。

老人与海

忘了从何时起，不执笔便不能深刻地交谈。言语从口中说出都有加工过的意味，我便只有以笔为戈，斩断所有纠缠真性情的思绪，道出心中所想。真心话不比蓄意的交流，需要反复思考避开误解，它只是如不可自持地冒泡般从心中道出，无掩饰，无纷杂的纹理。言者听者无论心情如何，都可体会到最本真的动容的温柔。

我意欲写予你我精神世界的风景，无论你相信与否，我所说都是对我个人生命忠贞不贰的守信。

眼下我时常谈起多年前的自己，多以自嘲的口吻，因我了解对酸涩过往的最好态度便是一笑了之，而笑的真实含义的确不重要。从前自己有些许木讷又极其腼腆，少与人交流，仿佛自我世界便足以令我坦然地活，无须了解他人的生命姿态，只顾自己的路便足矣。而现今却和以往截然相反，脱胎换骨般，开始将自己的世界与他人的融合，急迫且兴奋，抵不住旁人新奇感的诱惑。宛如我过往少说的话今日一齐涌来，令我喋喋不休，我为此雀跃，为此激动，好像我拥有了某种新的能力，从此便不会用内向装饰懦弱，便可令我成为人群中的控制者，我以为我可踏上新的旅程。

如今，像是经历了轮回，我又回到原点，越发地讨厌交谈，体会过其中的快感便开始麻木甚至厌烦。世间万物，悲尽欢来，欢尽悲亦来。我只觉言语附带的缺陷如同滴于水中的墨，慢慢明显地显现。开始有人厌恶我，鄙视我，对我失望，对我失去了耐心……

"言多必失，实为不智。"

你知道我热爱文字，我为其痴狂，并不仅因我厌烦面对面交谈带来的违和感及尴尬的气氛。

我觉我游在海里，无时无刻不体验着水体柔软的质感。我看得见水中的世界，我听得见静谧时海水稳健的呼吸。躯体轻轻浮着，一切不自知的邪念都被溶解，如同受过洗礼后虔诚的圣徒。

文字便是那片海，即便我需时时警惕以免自己溺于其中。

文字是空乏的，它客观地存在，我唯一能做的不过是用主观情感将其组合，借由它们展现我全部的喜怒哀乐。这过程需要勇气以及自信。这世间本无绝对的理解，如此将自己的灵魂公之于众本就有危险，因为注定有人不屑你的悲喜，甚至嘲讽你的种种思绪。写出的文字越多，人本身施与自己的压力便越大。文字唯一的缺陷便是它让书写者于不知不觉间对自己进行残酷的剥削。

你了解我的脆弱以及不自信，所以你需谅解我少与人交流我的文字，少将自己的思绪公之于众，因此，我便少给自己压力。我多么胆怯且强词夺理。

我多次想起我去过的边境城市绥芬河。自 2009 年去过之后我便深深地记住了它。那里的街道一尘不染，天色碧蓝，日光澄澈，楼宇整饬，即便城市很小，却显出一种贵族气质。大量俄罗斯人在那里驻足，女人们美丽的卷发，男人们高大的身躯以及孩子们童真的大眼睛、柔软的睫毛，都令人动容，让人有一种归家似的温暖。

边境处天空空旷，将淳朴庇护，白色的建筑群环绕似欧洲古堡，人声喧嚣，却又无处不显宁静。

人的内心要是如同那座城市该有多好，纯粹，干净，有些许繁华，却不失朴素，宁静。大多数烦扰之事都来于时光的流逝，而当人心变得真实又虚幻，便再见不到时光，时光仅是钟表的摆动，于人事无碍。

我想告予你，我坚信文字可令人心变得如此，抑或是文学。因文字本身不受时光及世俗的限制，它可载着人前行，以此，人便变得"自由"。与其说人驾驭了文字，不如说文字俘获了人。

我一直坚信有灵魂的存在，它凌驾于我们单薄的肉体之上。而文字可创造一个世界，它与人的灵魂并行，当二者完全契合时，人便变得强大且无畏。因灵魂的孤寂被文字所抚慰，诸多不确定或是烦扰也便消散。

我将文字归于理想，从前我仅希望文字只要带给我恰当的慰藉便足矣，而今，我变得贪婪，我希望更多的人看到它，真实的它。犹记顾城所言：

"我想在大地上画满窗子，让所有习惯黑暗的眼睛，都习惯光明。"

你定要笑我不知天高地厚，不知现实与理想的差距，你定会告诫我不要妄言。

可我就是固执，自习课上我飞快地写字，看见思想跃于纸上便心安。夜间我在宿舍里开着台灯听歌看书，随手记录，黑暗又如何。看到文学比赛心绪不平，看到关于理想的豪言汹涌澎湃。即便从未有人承认我什么，即便从未有杂志看上我的稿子，即便旁人冷眼相观恶语相向。我只觉一切都值得。我自始便告诫自己只看自己所有，也不被旁人左右，因无论何时我的一切悲喜都是我一人对峙。

我以为只要是内心的选择便有无可厚非的地位，无论日后的自己多么成功或失败，对往昔多么鄙视或怀念，都没有资格对过往的抉择进行贬低，因伴之而来的是对过往自我的贬低。既然当初选择了相信或继承，日后的追悔也无意义而言。

我欲告诉你这些并非为自己开脱或留后路，只想告诉自己只要坚定地前行便足矣。

我自知也许我并不会在文学上有些许建树，我自知路途很长一切未知，我自知我或许会因文字而走上一条更狭窄更艰难的路，我自知我的幸与不幸只需自我承担。

所以，我原谅我自己：我原谅我自己会因文字错过些许风景；我

原谅我自己因文字而产生的丝丝骄傲；我原谅我自己对旁人的冷漠和伤害，我原谅我自己关于理想而对自我生命的剥削。

我也原谅自己假借一个不存在的"你"诉说真心话。

我想起《老人与海》，孤独的老人一辈子与海打交道，他爱海，他视海为伙伴，又视海为对手，他一生无法穷尽与海的牵扯。他从不听命于岁月，他渴望自己可以打上一条大鱼，他暗夜里自言自语，他唱起歌，他祈求神灵。他一次又一次用海水洗净手上的血，他拖着疲惫的身躯与大鱼搏斗而后又与鲨鱼抗争，即便他最后带回家的仅是鱼骨。疲倦的只是身体，而不是一颗不甘于失败的前进的心。

老人告诉自己："人可以被毁灭，但不可以被打败。"

老人最后又做起了年少的梦，沉沉地睡去了，多安详。

"人可以被毁灭，但不可以被打败。"

我与文字，老人与海。

浮生若梦

一

我想到自己死亡后的样子，意识随着烟气消散到空中，形体变成了粉末，禁锢在黑盒子里，长眠地下，与土为伴。而地球依然生机盎然地转动，世上却不再有我，永远不再有我。

压抑感随即植入全身，心脏沉重地起落，我想知道这压抑来源于何处，呼之欲出的钝重与恐惧来源于何处。

向生命不住地诘问或许是人与生俱来的本能，每一次费尽心血相处的答案也会有些许变化，唯一可确定的是我明白我惧怕生命的终结。

二

我想起我在绥芬河的日子。我与亲人在边境的广场上散步，看见那里晴朗的天空，高得让人感到恐惧又蓝得让人心动，笼罩着小块区域的上空。边境处有高高的金属网，把地界分为迥然不同的部分，其中的一部分是我们不可随意进入的，那是俄罗斯。

头顶是包容着两个国度的天空，远处，两国国旗并排着飘扬。

人工水池的水从台阶上淌下来，平静而又缓慢，渗入池中，又被机器抽上来，循环往复流动的仅是那一部分水，造成视觉的幻象，如同生命的周转，幸与不幸轮流占据着生命的主线，心绪便随意浮动，构成了短暂的一生。

我需要一片天空。

三

和许多人擦肩而过了，喜欢的或是厌恶的，每次错过后的顿悟令我后悔或是欢喜，不知该给自己怎样的惩罚或是犒劳。

要如何去定义"喜欢"和"厌恶"？那定义在心中如大雾中前方的路般模糊。偶尔的盲目使自己倾尽所有地去付出或是抨击，最终得到的永远是一个带有后悔成分的结局。

每个人都想被喜欢吧！都竭尽所能地展现自己最美好的一面，为何有的人永远逃不出被厌恶的命运，他们到底做错了什么，人们到底看错了什么。

早些年的自己被他人嘲笑，眼下我时常去嘲笑别人，获得的于己无益的快感令我满足，好像赔偿了过往的自己。我不知自己是否是执迷不悟，妄图获得绝对的弥补，即使我知道那是任谁都做不到的。

我想被更多的人接受。阳光温和地洒在眼皮上，闭上眼睛也温暖。

四

前些日子闲来无事便想去拜访初中母校。我顺着以往的道路出发，发现路边的矮楼拆了，新的建筑还未披上美丽的外壳，建筑工人的汗水散发着亮光。

原来的洗浴中心眼下变成了网吧，沸反盈天。我记得许多年前一次在洗浴中心洗澡时鼻子突然出了血，我就看着血滴在地上又被水冲走，消失不见。

学校旁的食杂店换了主人，牌匾也由蓝色变成了醒目的红色，原本放在北面的货架如今摆在了东面。

校门卫忘记了我是谁，没有放我进去。他冷冷地说："外人不准进校。"目光便投向别处。以往我总同他谈笑，而如今他却板着脸望着别的地方。我从远处望了望校园里面，树长高了或是被砍了，教学楼的颜色刷得更黄了一些。

我才离开了一年而已。

没有谁的记忆会永存，我们大脑中未安放着什么芯片，旋转的地球上，我们也不能不动地站在一个地方。

我以为自己是一颗永远依附在校园土地上的尘土，风吹过的时候却还是飘了出去。

时移世易，谁会记得尘土的模样。

五

前几日是奶奶去世两周年的祭日，我险些忘了它，想起来的时候不知该做些什么，更多的是怀念。

奶奶离开的那日我从城里赶回家，看到她蜷在炕上，头发散乱着，眼睛已经快睁不开了，却还用尽全力地感知这个世界。

我在屋内的一角看着她，一直没有动弹。亲人们纷纷同她说了最后的话，唯独我没有。我想说我舍不得，后来发现我早已说不出话来。

父亲同其他亲戚将她抬入一口深红色的棺木。我人生中第一次感到一种彻彻底底的绝望和恐慌。棺木的盖子盖上了，发出了沉重的声响，我知道那棺木再不会被打开。我头上孝帽的尾端轻轻地飘在身后。

奶奶被土掩埋了，草甸中的干草被风拦腰折断，翻出的新土显出潮湿的样子，埋好的坟包上放着巨大的花圈，我想这景象在草甸中会显得很突兀，但其实这一切最终不过是化成尘土而已。

我和父亲在远处磕了头。

奶奶永远地停留在七十三岁，她不会再变老或是变得年轻些，我在一直追赶她的年纪，能否赶得上是个未知数。我时常看她的照片，保证自己不会忘了她那张布满皱纹的脸。

没有什么会永存。

六

我在仅有的半天假期中到外面闲逛一圈，在路上听到一位母亲同孩子的对话。母亲问孩子："你知道世界上最不重要的字是什么吗？"孩子牵着妈妈的手，摇了摇头。那位母亲说："最不重要的是'我'。"孩子听了又摇了摇头。那母亲笑笑说："早晚你会明白的。"

八九岁的孩子懂得什么，连我都不懂。

回到寝室洗衣服，热水用尽了只得用凉水。衣服在水中浸湿然后浸没，我伸出手去触摸，却因寒冷而迅疾地收回来。

身体不由自主的战栗比呼吸更真实，切肤的寒冷比温暖更真实。对许多事物的疑虑比好好生活的念头更真实。

我就长久地伫立着，如同身陷沼泽，越想逃脱陷得就越深。

世上最不重要的是"我"。可我惧怕它，真实地惧怕它。

七

有一天我平淡地死了，身体化成一颗尘土，谁都分辨不出。我在生命的大梦中苏醒过来，变得自由。真实啊，理想啊，都在我的脚下安静地存在着。我脱离它们，又眷恋它们。一切的兴奋或悲哀，都由我两手获得，那是不争的事实。

阳光明媚的日子里，枝头洒下的阳光照亮了一小块区域，我被看见，那么微小，却真实地存在着。

一期一会

往右拐，是条阴暗狭窄的小道，垃圾堆放在两旁，阳光拘谨地洒落，碎石遍地。再往前，是一栋旧楼，楼体已由白色变成灰色，露出水泥或是混凝土，显得沧桑厚重。院落依旧那么小，分布着整齐的仓库。仓库顶部抹着沥青，宛如戴了顶黑色的帽子。一切都那么不起眼。

我在那栋楼里生活了两年。清晨在阴暗的楼道里摸索，走出楼口见到阳光的刹那呼出一口气，接着便去学校。三分钟的路程，走路时怀揣冀待或忧虑，不知学校有什么事发生。中午，披着阳光回来，偶尔同门卫打招呼。睡午觉，下午再去上课，晚上回来会看电视，《快乐大本营》或是其他。有时路灯未亮便早早地睡觉，等待新的一天安稳地到来。如此往复。

那时有单纯的目标与状态——好好学习，安稳地生活。有那种生活姿态未尝不是一件好事，不必因过多的纷杂之事而烦恼，日日面对的唯有阳光与希望，尽全力而又恰到好处地拼搏，哀怨抛在脑后，忧愁也抛在脑后，触目所见的外物皆有金色迷人的外衣。大声地笑，坦然地羞涩。

善良源于内心的动容，给予他人的也是一份动容。那时的自己确是善良的，年纪尚小，看人看物都带有幻想的色泽，将帮助他人视为理所当然，并木讷地因为些许回报而窃喜。以为自己足够强大去容纳多人的喜怒哀乐，以致心力交瘁。那时的自己是无畏且骄傲的，我多怀念曾经那个我。

二〇〇六年

我遇到了一个朋友，他年纪与我相同。他长相平庸，体态较胖，有些口吃。这样的人大多不受人待见。但我与他却是有交情的，因彼此住所较近，便一同上学、放学。在班里他遭人嘲笑，但从不予以回应，流言或是恶语相向都伤害不了他。但我知道他心中是难过的，是压抑的，否则他为何会在我面前突然哭出来，用手背擦去眼泪。后来，他改了名字，再后来他转学了。眼下，我没了他的消息。

记忆中特别清晰的是他隐忍的面容，以自嘲回应恶意攻击，心中所想从未说出口。我不知他心中的雨下了多久，也许从未停止。我不知道他的难过有多巨大，是否想要去改变，但在一旁的我却有一种冲动，源于恐惧。我不要落得如此下场，至少不要被攻击，不如干脆做攻击别人的人。

多么自私而又恶毒的想法。

二〇〇七年

我第一次在上课时睡觉，是在刚开的物理课。老师是个身材矮小的男人，上下班骑一辆破旧的自行车。他说话娘里娘气的，诸多讲课方式也不同于他人。他是普通的，又有些招人烦。我不喜欢他，总觉得他少了些气概，于是便在课上放肆起来。

第一次颠覆好学生的形象，心里没有慌张或恐惧，只因我厌恶他。

前些天，在街上看见他，因不熟悉，便没有打招呼。他穿白色衬衣，腰带系得很高，还是旧时模样，没有明显地变老。我注意到他身边没有那辆旧自行车，他面带微笑地走在街上，步履轻盈。

他一定没认出我，他也不曾记得有个学生曾经在他课上睡觉，而我在这里望着他，心绪复杂。

三年就这么过去了，不动声色而且不留余地。我对于许多人和事的厌恶根本无意义可言。

第二辑 浮生若梦

二〇〇八年

在一个晴朗的日子里搬了住所，由七楼变成四楼。新住所从阳台可以看到大街，车水马龙，人烟繁盛，那儿离好朋友家只有一分钟路程。

去学校不走大路，同好友走贯穿于小区的小路。清晨与好友在十字路口碰面，然后途经一个小工地，空气中煮着灰尘。会见到一个早已荒废的别墅，里面堆满杂物，长时间无人打理，有发霉的气味。我曾同别的朋友幻想有一天同租一个别墅，日日玩乐，享受生活。再往前有几处住宅，院内停着车。从外面可以清楚地看到屋内摆设，奢华富丽。再走定会闻到一股气味，是动物的骚臭。因前方有一个厂子养着许多种狗和狐狸，偶尔会听到它们的叫声。走路时我尽量远离场子的大门，总觉得会突然从中跑出些什么。

这年不知怎的突然意识到学习的重要性，整日苦学，成绩迅速上升，在班里的地位日益凸显。父母逢人便夸，似乎空气中弥漫的都是骄傲且幸福的味道。

这一年奶奶离世，很长一段时间我心里都是空荡的，好像没有什么事能让我有真实的感觉。表面依旧，心中却藏着一个剧场，上演着悲伤的戏。

有许多感情根本无法割舍。

二〇〇九年

有些不安分的因素在心中活跃起来，沉默消失得无影无踪，我整日聒噪，没有了以往的腼腆，变得健谈。身边的人无不讶异，以为我受了什么打击。并非是受什么影响，只是源于内心的冲动想要去交流，想要融入他人的世界，或是想成为人群中的控制者。对于我的改变，回应极多，或欣喜或厌恶或无动于衷。

刚入春我就得了重感冒，昏迷在卫生间里，几分钟以后恢复了意识，爬回床上，平复呼吸。而后开始发烧，近40℃，我便去楼下的诊所打针。母亲来看了我。我去学校上课，班主任也极力劝我回去休息、养好病再来。只是感冒，只是感冒而已，没什么大不了，身边的人却都给予我温暖的关怀，何其荣幸。

中考成绩算是满意，成绩出来那日我正踏上去牡丹江的火车，没能面对面同亲人分享喜悦与兴奋。在牡丹江和绥芬河待了段日子，见到许多新事物，各处有各处的风韵，个人有个人的幸福。

二〇一〇年

开始习惯一个人的状态：一个人吃饭，一个人打针，一个人上网。自己与自己相处从不尴尬。曾付出精力去照料各种感情，回报未见多少，代价却极多，给予他人的关怀被其轻易地抹杀，作为回报的是一张张无所谓的面容。真诚的笑被认定为虚伪的表现，与人避开被称为自恃清高。到后来便无心去经营同谁的关系，好聚好散，随遇而安。有幸共同走过一段路应好好珍惜，无缘要面临分别便坦然挥手。

每天坐在五楼的教室上课。生活的框架未曾改变，机械生硬，但内容却日日不同。每天同不同的人说了不同的话，在不同的食堂吃了不同的菜……大多数人看到的是高中生活表面的麻木，都未曾注意到生活中细微的情愫。流过的眼泪也好，发皱的成绩单也好，它们都不麻木。

根本没有一种生活是麻木的，麻木的从来都是人，而不是生活。

我不喜欢残缺，但残缺时时都可进入视线。我痛恨许多人，然而他们依旧活得有滋有味。我热衷于一遍遍地回忆前几年的事儿，心中明白眼下我看见的也只是脚下的路。

没什么是错了的，没什么是大不了的，没有哪一个自己是不真实的。

未来

继续往后走，岩石有滑润的质地，小河流注入大海，植物蒸腾着湿气。谁都不会停下脚步，一切都未完待续。

这个冬天，不冷

　　她住在阁楼里，每天晚上都可以看着星辰摇摇欲坠，她知道，坠落的不是漫天的光亮，而是存在大脑里自始至终的美好幻想。冬天尾随着落叶庄重地到来，举手投足间袒露凛冽的气息。

　　她躺在床上，看着太阳把暖色涂抹在天空中。七十五岁的年纪，有时候得承认，生活只是一种惯性。

　　外面有猫的叫声，她听着。有多久没看见猫了呢？早些年的时候，比如在天真烂漫的十五岁，她曾打开家门，从厨房拿出食物喂养一只流浪猫，不过它吃饱便跑开了，也再没有出现过。她知道猫是流浪的动物，在那之后又几年，是五年吧，她收养了三十几只流浪猫，它们的眼睛里满是流光溢彩，波澜壮阔跌跌撞撞在她心里，她没有理由也无法抗拒那样的光。说成善良又不尽然，总归是觉得，这个世界，必须有什么是对的，需要人们去做，去改变，然后无愧于生命。

　　想起猫她便开始怀念，是啊，在那之后她遇见了她的爱人，哪怕眼下他早已离开，兴许化作一只白鸽每天站在她的屋檐下呢。她遇见他，给他最好的年华与爱，可是命运总是喜欢开玩笑，他出了车祸，她还没来得及为他生下一个孩子。不过没关系，她没有再嫁。想起来她还是有过孩子的，她收养了六个孩子，他们眼下也过得很好，经常来看她，可她觉得毕竟自己不是孩子们的亲生父母，就不该在年老体衰的年月去打扰他们的生活。

　　所以人生也是没有缺陷的吧，她有朋友，隔壁的李老头无依无靠，她总是习惯性地给他做饭，或者带着他去医院检查身体，因为老了就要接受身体很多零件不再灵活的现实了。一次李老头生病，是她在床边照顾了一个月，一来自己平日里没有事要做，二来也算是陪陪这个老邻居，他们总归一起迈入年老的大门，不管各自可以走多久的路，终究是有个人陪你一起面对着岁月的恐慌。

她听着楼下的声音，是那个留学的孩子回来了吧，是的，只有他的步伐总是透露着不安。离家的孩子多半是孤独的，她时常会给他讲故事，讲自己的年代。那孩子有时听不大懂，但也认真听着，毕竟一个年代若是流逝，便不可追回。她把自己最爱的书都给他，因为眼睛也不容许她阅读了，她还把从前做的棉拖鞋送给他，毕竟冬天总是飞扬跋扈。

楼下那孩子总担心她，问她有没有想过自己离开的那一天，她听着不懊恼，她说没有打算，就顺其自然，东西就全部捐出去吧，或者给老李头，身体吗，估计器官也不大有能用的了，那就捐给哪个医院解剖用了吧，灵魂是自由的，躯体总是不够豁达，所以无用，给灵魂一个安居之所便足矣。

她想起自己曾经问过那孩子，他觉得人生最重要的是什么，那孩子想了很久。她问，是不是成绩，生活品质，金钱，以及爱，或者性。那孩子拘谨地看着她，似乎不愿承认那便是自己的答案。她闭上眼睛，皱纹翕动着，说："人啊，生着求繁华，死后图安稳，披着金缕衣，在地下也尊贵。可终究不过一抔尘土，纷飞不过一阵沙。"她记得自己最后也没说什么是最重要的。

上午的阳光刚刚好，她躺在床上，仿佛人生就是那一缕缕欣欣向荣的光。她闭着眼睛，听着猫叫声，或者人流涌动的声音，那是生命。

她养过的猫咪一定还好吧，丈夫也在另一个人间幸福着，收养的孩子们的生活必然是殷实的，老李头虽穷苦可是还有老友陪伴，楼下的孩子也总会扬眉吐气的，自己这些年无怨无悔的付出也值得了。岁月一帧帧地闪过，流淌起来，不够波澜，不可歌可泣，可总归坦然。

她觉得，冬天来了，可这个世界，不冷。

她想起很久之前对楼下孩子说过的话了。

"生命无休无止，逆流而上，迎刃而解的是生活。灵魂披着善良的外衣，手里握着干干净净的感恩之心，感谢生命给你生而为人的机会，而你要做的，只是微笑着，迎接下一个永恒之身。"

第三辑

背对着冬天

我最亲爱的

一

　　今年北方的气候出现了反常的现象，明明这个世界已经欢欣地走进春天，却仍然被突如其来的雪装点成苍茫的样子。这几天雪下得特别奇怪，一夜之间，所有的建筑全都给自己戴了顶白色的帽子，把自己扔进冰冷的往事里。我一向很讨厌雪，但这几次却告诉自己，也许考大学去了南方，就无法频繁地看见大雪了，姑且当作最后的狂欢吧。我们与雪都在狂欢，也许它们只有单纯的快乐或是冷漠，而我们需要面对的，还有狂欢之后带来的疲倦以及分离带来的伤感。

　　我们——我，以及我最亲爱的人们。

　　说成狂欢，倒不尽然，至少在眼下还不是。距离高考还有些日子的今天，每个人都在做最后的搏斗，连我这种不爱学习的人，都学着在自习课上奋笔疾书了。每天晚自习听着笔尖在纸上游走的声音，让人产生一种壮烈感，仿佛这些声音终有一天会以要么欢欣要么悲痛的形式表现出来。每个人都将踏上战场，不带刀和剑。

　　我曾经无数次地幻想毕业时的情形，在疲惫的时候，绝望的时候。我想着我们对着镜头一笑，我们的高中时代就终结了。我们会拍照留念，会拥抱，会哭泣，吃散伙饭，K歌，也许会烧掉课本，然后奔向各自的前程，等待着同学聚会，五年，十年。各自怀念。

　　毕业是个神奇的词，从前它在我的生命中只是某个遥远的点，我离它太远，所以对于它，我内心平静得掀不起一丝波澜。我把烦恼抛向它，把伤心抛给它，把失望扔向它——所有的一切，毕业就会好的。它一直在远方给我某种酸楚的温存。于是当我被时间推着向前走，走了很远，直到我看到毕业真正的样子，我才知道，是真的要告别了，我的悲喜全部跟着它的脚步，走进冰冷的往事里。

像突如其来的三月底的雪，将道路遮盖得迷茫。

二

早些年的时候，我固执又矫情地以为，从某种程度来讲，我是个被抛弃的人。时至今日，我偶尔仍能感到一种孤独感。但很庆幸，我身边有一些人永远不会抛弃我，无论我成绩如何，家境如何。说实话，对于感情这回事，我不相信"永远"这类说辞。但有些人，可以让我觉得，总有一种关怀是没有尽头的。它来的时候声势并不浩大，不可歌可泣，不让人觉得沉重。它可以不求回报，它可以原谅我所有的失败，原谅我所有的自私和荒唐，原谅我跌倒后绝望的狼狈眼神。

我最好的朋友是阿紫，我和她初中就认识了，那时候我们作为学校成绩最顶尖的学生飞扬跋扈，然后都考入全市最好的班级。她和我性格很像——大大咧咧，外向到极致，她在许多人的眼中就是个男生。我们之间没有隔阂，就像某人说的，每个人生命中都会有这样一个人，他不是你的亲人，不是你的爱人，但离你最近的地方一定有他。她对于我就是那样的存在。我们买衣服时也会叫上对方，形影不离，所以总有传言说我们是一对。这没有什么好辩解的。不怪别人这么说，我们可以啃一个苹果，可以穿情侣的衣服，呼叫对方亲爱的。有很多时候，我都在想，和一个人关系可以好到什么程度呢？我总是草草地解脱爱陷入深思的自己——就是我们这样的吧——无法言说的，但无论怎样，我都知道你会在那儿等着我，无声无息地。

去年圣诞节的时候我送给她一张贺卡，我承认我写得煽情了些，于是她看了之后很感动。我明白，我们之间不用在乎太外在的东西，她不会因为我的话伤心，她太了解我，她知道我的懦弱和勇敢，所以她永远可以理解我的所作所为。

一次她生病打针，我中午去看她，带了吃的，后来她对我说她很感动。到今天我才明白，一直坚强这么久的我们，在平静孤单的时候，多么的需要关怀。

在那张贺卡中，我叫她"我最亲爱的女孩"。

其实我想说，这世界上没有那么多可怕的事啊，你所有的爱和恨都会在时间的抚摸下转变成成长，而在这中间漫长且艰辛的路途中，我会一直陪着你的。

三

眼下我处于一个尴尬的时期，我和她刚刚分开三周。她坐在我后面，离得很近，所以我仍然可以感受到她的气息，像一阵阵密集且沉重的鼓点，砸在耳膜上。

我对她付出了很多，已经超出我的理性范围了——我一向不相信高中的男女感情。在很长一段时间的挣扎之后，我选择和她分开。我们暧昧了太久，那样的感情终究是负伤的江洋大盗，等待他的只有死去。

重获自由之后，身边的一切并未发生变化，她送我的种种——腰带，围巾，手链等，我没有扔掉，我关于她的网名也没有改。都已经非常习惯了，没有必要再去折磨自己的生活。

时至今日，不算成熟的我也学着原谅。有段时间我恨她，恨她的无情与荒唐。但马上到了分离的时刻，也开始不再狭隘地看待彼此了——我们都太年轻，所以不明白彼此应该承担多少责任，像个孩子一样，索求，胡闹。但这些，都将随着成长，转变成对方心中的原谅和宽容。

我为她写过一篇文章叫《直到死亡把我们分开》，这样说起来我食言了。但就像之前说的，一切都可以被原谅。我尚且不知道未来我们还会不会有交集——她的四季是否有我的风雨。但至少，我们曾经为彼此撑过一把伞，遮出一块不大不小却温暖的天地。

亲爱的，祝你幸福。

四

五月天刚刚发行的专辑主打歌叫《诺亚方舟》，歌里唱着末日来到，还是要告别，告别文明，告别生命，告别一切可感存在和无法具体可感的意识。我不信末日，但也要告别，告别高中时代，告别陪伴我的人们。

原谅我想到毕业就想到和朋友的分离，这几乎是一种本能。我从初中起就十分敏感，我的朋友一直给我很多的勇气。在我的生命中，他们给我温暖的庇护。无论我看起来多么的强势，我都不会否认，我是单薄的，不堪一击的，如果我只是一个人。

所以这些年，我由于外向交了不少朋友，有的成绩好到不能再好，有的只是混混。我时常觉得自己是十分幸运的人，一向自卑的我认定自己是不会得到真心的，但我却拥有那么多对我坦诚相待的人。

分离，还是要分离，哪怕嘴上说着天下没有不散的筵席，心中还是有难过，洒脱地酸涩。我们的人生，无论如何都将走向不同的轨迹，各有各的悲欢。那么面对分离的时刻，唯一要做的，只有祝福了吧。

五月天唱："终究会，有一天，我们都变成昨天，是你陪我走过一生一回匆匆的人间。"

那些陪伴我的人啊，我们终将分离，不要哭泣，我会守护你们哪怕是疲倦的梦想。我将带着你们全部的期望，做最好的自己。你们也一样，给自己幸福。我们之间的爱或者恨，都交给时间吧，难过的时候，别忘了还有我，在远方为你们祝福。

我最亲爱的，未来的相聚，我等着你们，荣耀归来。

一个人生活

深秋已至，傍晚时分山里会刮起大风，坐落在山里的学校无法幸免，有时扬起灰尘，仿佛风里有人徒手把灰尘扔向你，睁不开眼。于是清晨或者临近傍晚，路上少有人行走，大家纷纷闷在宿舍，学习或者上网。似乎整个学校都在秋风的侵扰下，学会了沉默。

山里昼夜温差极大，早晚要穿外套，而中午可以穿短袖出门。初到这里感到不适应，不适应突如其来的高温，以及凛冽的飞扬跋扈的风。今天我刚刚看到在家乡上大学的好友发布的状态，他说黑龙江下雪了。眼观当下济南的情况，突然觉得，自己的的确确已经走出了这么远，以至于家里人头顶着皑皑白雪，而我这边却还烈日高照。

当初报眼下所在学校的时候，只是想着，离家远一点，离过去的人——怨恨的或者放不下的，都远一点，抱着这样病态的做作的想法，毅然决然填报了山东大学，哪怕我本可以去更好的大学。到现在，已经在这里生活得如鱼得水的当下，我时常问自己，为什么来到这儿？

似乎是，宛如更偏爱一个人旅行，抱着陌生到即便狼狈也不会有人在意这般的想法，选择更远的地方。或者是想看看更远的风景，填补认知见地的贫瘠。而也许是逃避，对过去无比抱怨，对自己过分迁就，以至于觉得可以从头再来，倘若从头再来，也许会有更好的结果，——也许可以重新爱一个人，也许可以试着接受更多的不公平，也许可以得到更多苦痛所带来的成长。

中秋节一个人待在济南，没有回家，我一向懒得折腾自己。好友们大多数从各高校涌回黑龙江，高中群里多出来的消息让我不得不屏蔽掉群，才免受其骚扰。中秋那天听朋友说他们回到高中母校，哪怕仅仅离开一个月，也觉得仿若自己十年漂泊在外未曾回去过。班主任买了新车，继续在教学一线奔波忙碌。大家去聚餐喝得烂醉，彼此分离地够远，终于得知有些感情多么弥足珍贵。我听着这些话，心里有些想念，泛起微微的烫。中秋那天晚上因为无聊且想念，我去操场听某个老乡会的一群人坐在草地上唱歌。我在路灯下抽烟，然后去食堂吃一碗方便面。食堂里没有几个人，卖面阿姨看着我，微笑着说："中秋节快乐。"那一瞬间我险些哭出来。感觉到，一个人的生活开始了。

高中好友分散在各地，和我最好的阿紫在哈尔滨工业大学土木工程煎熬，五六个好友在吉林大学——他们现在可以看到雪了——还有在北京、上海等大城市的同学们为学业早起晚睡。每个人纷纷以最快的速度散去四面八方，忙碌在现实与梦想的加减法中。

有一天我正在宿舍看电影，一个好朋友打电话来，听她的声音便知道她是喝醉了，电话那端传来小声的啜泣，断断续续。

"你知不知道，我很担心你，你一个人在省外。

"你这个人，就知道为难自己。

"我现在真的很后悔，当初和你吵架，我应该和你一起去山东的。"

她慢慢地说着这些话，夹杂着哭声，不时地提高音调，又突然降下去。我觉得心里难受，仿佛有一只漏凉气的气球，在我心里漫无目的地飞，它所到之处都带给心脏突如其来的冰。

高考前夕我们吵了架，因为我的感情。她关心我，我觉得她不理解我，便一怒之下断了她的联系。过后我一直内疚，也逐渐主动联系并道歉，似乎这件事已经过去，可当她说起都是她的错的时候，我觉得我真的不配拥有别人的关怀。

她一直在电话里哭，我安慰她，我说："都过去了，我会好好的，我都已经胖了，而且按时吃早饭。"她听后孩子一般傻傻地笑。我说："你要乖，挂了电话去睡觉，听我的话。"然后她果真听话地挂了电话。

我突然间想起一年前，她因为我的困难，着急地哭了出来。而那时她还不会喝酒，不会在吃散伙饭的时候喝多了闹，我们还习惯在课上传纸条贫嘴。

而眼下，我们终于开始习惯一个人的寂寞，即便握在手里的花朵凋谢了，也要把它别在胸前，自掩悲伤地笑笑。这是成长教会我们的——到最后留下的，只是一串干净的零，无论之前有多么波澜壮阔的史诗，风尘过后仍旧会失去色泽与光辉，从起点到终点，看见的是躺在路上的脚印，看不见的，是心上的红肿。而我们难免要走得更辉煌一点，昂首挺胸，这样才对得起生生不息的生活和短暂的生命。

学校的边缘有一条路，临近大片树林。秋冬之时，干枯的树木心甘情愿地把叶子染黄扔下来，刮起风便荒凉得让我恍惚觉得回到了东北。无聊之时我会到那里散步，通常光临那里的多是老人与孩子，他们说着我听不懂的方言，嬉笑打闹。

我便也想起高三的时候，学业压力大，于是每天晚上放学后会在路上走走，漫无目的地，一如青春惶然的本质。有时有朋友陪着，互诉着心里的压力，哪怕多半是庸人自扰。冬天里脸冻得通红，也不舍得回去，穿着羊毛靴子，幻想高考之后放浪形骸的情景，抽一支烟，直到再也无力和零下几十度的气温对抗才回到住处，看书或者直接睡觉。

那时候我自己在外面住，远离父母亲人，自由的同时难免孤寂，不过时间久了也逐渐习惯。习惯是件残忍的事，它总教会你波澜不惊，坦然面对生活里每一寸惶恐与冀待。

而眼下，我终于走过高考，发现高三时幻想的太平盛世并未实现。考后我的确疯狂了几天，不过热度不比飘向天空的泡泡坚定，上升片刻便化成没有力度的一声爆破。

走进大学，开学便有人问我之前是否住过校。于是我下意识地计算，初中到现在，已是第七年。

倘若有一架摄像机完整地记录这七年，轻轻按下后退键，也许会发现，七年的时间不过倏忽而过，拉出的模糊光影，简单来看，不过是一个人成长的跌跌撞撞。

2005 年的时候，我第一次来城里上学，远离了熟悉的低矮平房，以及尘土飞扬的土路，还有父母脸上明显的年华不复。那时候生活简单，我努力学习——也只有学习，能让你看到你的存在。我开始适应来自四面八方的揶揄、嘲弄、不理解，并决心融入这个新新世界。

2009 年（东北初中四年）毕业，成绩优异，人生中第一次为自己正名，无压力考上市里最好的高中。不过初中的记忆多半消失，剩下的也只是自己夜里奋斗学习的单薄身影。

2012 年高考，成绩至少没有让任何人失望，不过历经三年，无论是感情上的自找苦吃，抑或是青春期的代价，都带来酸涩，当然也有无法言说的成长。

初到大学，同时面对与挚友的分离，才终于了解到人生漫长，像是一条河流，哪怕前途光明，也不得不接受被生活的支流夺取水分的现实。前方是大海，融入了便失去自我，但还是要奋不顾身地继续汹涌。

生命的残忍在于，其实没有一个人可以永远陪你左右，而你不得不用尽力气，在脸上放一个微笑，把失去的，怨恨的，恐惧的，一并化成灰烬，洒在头上，当作祝福。

气温自顾自地下降，眼看着秋天已经没有力气阻挡来势汹汹的冬天。于是也只能抱紧自己，继续一个人的生活。

草花

我去看五月天的演唱会，仅仅是相信，体验一次狂欢就能把无聊赶得更远些，像抓住一根救命稻草般地觉得，没有比这更好的选择了。提前到体育场两个小时，于是剩下的时间就是等着。时间总会不容分说地过去，我本以为五月天出场的时候我会激动得大哭出来，实际上没有，人越长大哭点会越高。第一首唱出来的时候，也只是表面狂热内心冷淡。等到唱起《温柔》的时候，我觉得眼泪要掉下来了，我想起你来了，这才明白，让我掉眼泪的不是喜欢了很多年的五月天，而是被歌声魔法般唤醒而想到的你。被一首歌感动，仅仅是因为，它轻而易举就揭露了你的胆怯，而你不用觉得羞耻，只剩下心酸的享受——享受被岁月描绘后的酸甜苦辣。

突然就想起你来。高考过去一个月了，时间像麻药，把我麻木到恍惚觉得其实无聊才是人生的常态。期间没有想你，因为心里还觉得，我们还有那么多的未来，风吹雨打沧桑变化也不过我们谈笑的风景。而当听到阿信颇具辨识度的嗓音，突然就觉得，我们终究不可能有机会牵手旅世。

我在大连看海的时候觉得，如果有一天能和你一起就好了。矫情就矫情吧，至少能和你一起看看，大海是怎样把天地的风光都抢尽的。那时候我看到一个和我们年纪相似的男生，一个人低沉地坐在沙滩上。我觉得可能他的心事比大海还大——虽然年轻人的心事多半是做作的。然后我想，也许他在想他爱着的人吧，就像我在想你。也只有大海，包容地收下我们的悲喜，不会嘲笑，只是用一波又一波的海浪，波澜壮阔的，让你觉得此时此刻，难以启齿的往事都可以说出来，因为海潮会帮你掩盖一切无地自容的气息。

高考之前觉得高考是解放，过后才明白其实解放也挺残忍的，解放和放弃有种殊途同归的味道。有几次想给你写篇文章，但每次都只写到几百字，就觉得思路堵住了，只能停下来，我们之间总有太多话不能说，禁忌太多，四处都是地雷。我小心翼翼地写，而今天突然觉得是时候了，我在哈尔滨百无聊赖地坐在床上，因为感冒，所以手旁放了一大卷纸，你不知道，我待的地方出门是一条河，没有浩荡的气势，也不波澜壮阔，让人觉得，其实水可以很温柔。有人在钓鱼，虽然在我看来，不会有什么鱼的吧，但钓鱼的人肯定相信，总会有收获来匹配自己耐心的付出。你知道的，我一向就不信，不信付出就会有回报，说是青春期特有的做作也对。我总觉得，有的付出，是没有回报可以与之匹配的。

其实不得不承认，一个人过分执着，注定会死在等待之中。从最开始的狂热，到中途我们无休止的争吵和冷战，到现在，我终于可以承认，可以不去追求我们的结果。说动摇了也好，绝望了也罢，总而言之，我现在，只追求你开心没有烦恼。这次不是从前的自欺欺人，或者掩耳盗铃。因为人总会明白，有时候最伤人的仅仅是疲惫。我承认我已经累了，所以现在可以放下对你的过分期待。人还是要懂取舍的，我了解你，自然懂得，你的难处你的幸福观。于是在当下，我和你许诺的永远好朋友是真心的。你知道的，我从来不信永远这类说辞，但这次却觉得，没有什么比永远更能让你觉得安稳，让我觉得坦然的了。

我们都是没有安全感的人，在青春期里也吃了该吃的苦头，也只希望在未来，可以成长到不惧怕伤害，也不惧怕濒临的期待，不怕辛酸，也不怕荒唐。哪怕人的七情六欲总是带来想不到的灾难，但还是希望可以尽量做到不为难自己。

我昨天去动物园——其实兴趣不大，但还是和亲戚去了。我拖着感冒的身体逛到虚脱。其实我相信我看到的动物和我们一样累，它们甚至可能在一生中都只能看到同样的风景，唯一改变的是每次看到不同的旅客的脸。或者说，相比之下，我们的生活的确已经足够幸福，能遇到形形色色的人，可以交朋友，可以奋不顾身地爱，能够不计代价地恨，是件幸运的事。

有一天我回学校了，其实没有多少感怀。感怀这东西，多半需要岁月的沉淀。高三的楼空着，飘着一股空荡的经久不用的味道。我还是到操场看了一眼，因为天气热，没有绕着走一圈。想到上学的时候，我们习惯性地绕着操场一圈一圈地走，其实走来走去，人生还是被青春装点得浮夸又脆弱。我想在未来，我成家立业的时候，肯定会怀念这样一个操场、一段路，怀念我们耳鬓厮磨的陪伴，怀念争吵与和解，怀念彼此脆弱不堪一击的嫉妒心，怀念你的固执我的坚持。经过岁月的粉饰，所有不堪的破败的羞耻的都可以被原谅，年少时的无知在日后变成成长，怀疑的也会被成熟的自己坚持，我们推翻一个个自己，长成全新的人。而我，依然会想起你。

有次去寺庙，起初抱着四处看看的心态，到后来，被虔诚的气氛感染，遇佛便拜，点香，捐款，每次都闭上眼睛祈求，未来可以少一些波折，哪怕知道波折是为了成长，可还是希望可以尽量平坦些。僧人念经，我虽然不清楚念的是什么，但还是百分百地相信着，并且期待更美好的未来。有时候信仰的作用仅仅是，帮你分担心里的重量，分担你夜里的恐惧、白日的压力。我走出寺庙之前许的最后一个愿望，是希望你可以少一些烦恼。

每次加一个全新的好友，他们八成会问我为什么网名叫"草花"，每次我都说，我喜欢的人叫我"草"，我叫她"花"，所以我叫"草花"。每次这样解释，连我自己都觉得既做作又幼稚。之前我们吵得最凶的一次之后，我几乎把关于你的所有东西都扔了，我们也两个月没有说话。那时候手机墙纸随手换个，只要不是你的相片；你送的腰带也摘下来了。生活几乎乱作一团。期间又有人问我网名的由来，本打算把名字都改了的我，解释之后收到别人说"浪漫"的评价，就没有改，想着，就当作纪念吧。姑且让我相信，未来的几十年，看到它能想起你是谁。而后来和好的我们，也逐渐意识到，关系不如从前，隔阂已出，于是再听不到你叫我"草"。其实我们这一生，不可预知的危险那么多，而我们仍旧坚定这一份感情，幼稚的年轻的被人看不起的感情。突然觉得伟大，你说是吗？花。

现在已经中午了，刚才外面突然打起了雷，估计要下雨了。这在最近并不奇怪，气候异常大家都已习惯。亲戚们都睡觉了，我喝了一口水，嗓子干得好像吞了一块燃烧着的煤。济南也下雨了，我马上要去那上学。我从来都很自立的，终于要开始新的生活，也许要随着习俗改一些习惯，但一定不会变的，是我还会乐此不疲地和人解释，我是草，而你，是我的花。

神的孩子在跳舞

不孤独

一

　　我生活在北方，那个被叫作黑龙江的省份，这里每年冬天都会下起鹅毛大雪，覆盖每一个角落。一下雪，眼中的世界像是戴了顶白色的帽子，这雪便也成了外人眼中一份特有的景致。但我是不喜欢雪的，我一样不喜欢雨天和阴天。雪天让我感觉不自在，衣服上落满雪或者水，总不及晴天温暖的阳光洒在身上舒服。去年下第一场雪的时候我在上课，只看着窗外一点点地素净起来。下课时大家都欢呼着跑出去迎接这第一场雪，只有我不应景地待在班里，雪来了，那潜入全身的寒冷气息便也尾随着来了。想到冬天走在街上即便穿着羽绒服也会筛糠似的抖，且目及之处满是冬日里特有的萧索，我便下意识地打起寒战来。

　　我现在高三，除了作息时间有所改变以外我并未发觉生活同以往有何不同，便也想起高一高二甚至是更早以前，那时候满怀斗志地要在高三争一口气，考个好大学。但在如今，距离高考不过几十天的当下，我却仍然打不起精神来。当初的希冀，热切冲动和斗志全部在今日烟消云散，只留一副空皮囊对比当下的颓废和萎靡。

　　考试频率非常高，大概半个月一大考。考试时抱着纸笔到新楼找考场，与低年级学生擦肩而过时便知道生活同以前不同了。他们欢笑打闹，兴起之时不去顾及明天和未来，少年的血性与朝气将生活现实压在脚下，而我们终究是不同的，大家长时间地压抑着，都提防着情绪决堤。我们唯一安慰自己的方式无非就是告诉自己明年七月将脱离苦海，而学弟学妹们仍旧在煎熬。

有时候我会觉得自己很奢侈。我仍旧习惯在自习课上看小说写东西。即便被抓过几次也屡教不改，也只有在教室里我才能安下心来看书动笔。但更多时候是疲惫的，周围人的努力奋进让我疲惫了，我会拿出题做起来，这多矛盾，我多像患了精神分裂症。我尚且知道自己是不甘心的，我还是犹豫的，有一颗悬而未决的心。我也想安下心来找好自己的方向，却被矛盾的自己折磨得苦不堪言。

前几天姐私下和我说，我上次的考试成绩母亲未告诉父亲，我听后愕然。母亲说我上次快跌出年级前一百名了，怕父亲担心。一直以来我有事情都只告诉母亲，关于父亲，无论我多失败他都会说，其实我已经很好了。我不知道的是，父亲表面上的知足后还有着这样的担忧。他希望我再好一点，好到不用任何人庇护，未来光明一片，好到可以承担更多。我明白父母的难处，但我心里明白，他们只是表面平静，尚且接受不了我成绩的落差。初中那会儿，我不用费力便在学校排前几名，那时我算是亲属眼中的传奇了，而当下，父母只得接受这样的现实了，别无他法，哪怕我当下的情况上重点校是没有问题的，但他们总会觉得差了什么，即便我自己都未有过这样的感受，但我知道，他们确实是失望了，对我这几年的改变。

我又想起文理分科之时，我同他们吵了架。我本打算学文，但他们却不同意，他们知道倘若我学文，日后或许会走上更为曲折且艰辛的路，他们知道我的梦想买不来车、房，只是空架子而已。那次父亲说，我让他失望了。事情过去之后，父母似乎觉得欠我似的，在家里绝口不提文理及写作之类的话，我在家里也拥有了绝对地位。我第一篇文章发表的时候只告诉了姐，她背着我告诉了父母，我本不想让他们知道。父亲知道后从未提起过此事，母亲也只轻描淡写地说了句"样刊怎么不拿回来让我们看看。"我未回应，她便沉默着做事去了。那之后彼此都心照不宣，没人想再提起那件事了。

这几年我和父母沟通得极少，现在也只是一个月给母亲打一个电话，不到一分钟便又挂断。他们所了解的关于我的事情也只是我在长假里所说的。我向来报喜不报忧，没有必要让父母担心，只是觉得有什么东西在远离我，或者我以某种惯性麻木地向前走，不知会停在哪里。

神的孩子在跳舞

二

　　我独自在外面生活了很久，离开父母大概有七年的时间了。这七年内发生太多事，经历漫长岁月的调剂，我也同当初的自己判若云泥。从以前的内向沉默到如今的外向健谈，从不谙世事到处事圆滑，个中情由我懂得，却也无力去改变什么。我想起这七年的喜怒哀乐，五味杂陈，我便也懂得自己走到如今吃了多少苦。而在当下，我也开始明白痛苦在生命中的分量，那让我成长，成长出当下生活得如鱼得水的我，成长出更加冷漠的根骨。我可以接受这七年来的好与坏——话说回来，时光已去，我不接受也别无他法。

　　两年前我遇到人生中第一份爱情，它是青涩的，又是脆弱的，哪怕眼下看来当初的自己只能用脑残来形容。但在当时，那感情的确刻骨铭心。我那时高一，自以为足够承担另一个人的生命，对未来充满了期待和动力。那时的我是奋不顾身的，像那注定尸骨无存的飞蛾，只是那时并未料到自己有朝一日以失败的结果结束那份爱情。我为她改变，心悬起来又被甜蜜包裹，生活中的苦闷也完全体会不到。在寒冷冬天的无数个中午，我在街头巷尾等她，内心炽热又兴奋。直到最后，我在相同的位置和她结束。

　　我还记得那天是圣诞节，她送我礼物，我们便转身走向不同的方向。直到今日，我都对圣诞节有一种说不出的情结，并非为那份感情，只是觉得那天是成长中的转折点。在眼下，我偶尔还会遇见她，彼此都成长了，便也不动声色地冷漠地走开，默契地忽视彼此的存在，这也算是一个好结果了吧。我们都成长了，不会再为难自己。

　　我今年遇到第二个心仪的人，坦白了，承认了，争取了。我们没有未来，但我也知足了。也开始明白未必每件事都要有结果，这话虽说得有些自欺欺人，但只是看到她开心我也开心起来，也就足够了吧。不必给彼此压力，隔着一定距离也许会活得更轻松。我也承认我确实是怕了，怕再无疾而终，渐渐成长，不想在同样的事上第二次跌倒，我也变得不相信很多事情，别人给的诺言听听就够了，没必要拿到明处拆穿，有生之年我们相遇已是幸事，再去妄想只会无果而终。哪怕我仍旧放不下，也不会再为难别人，平日里说说宽心话，安慰了自己，还要向前走。

当下我对于感情已不抱任何幻想，那只是徒增烦恼而已。我对并不会持久的感情失去了耐心，逐渐疲倦，也承认早已对自己失去了信心。我尚且明白自己太年轻，爱恨之事未必懂得。我也没有能力去承担什么，我无法面对两个人心中无法逾越的距离和人为的离间而导致的分离。我告诉自己，未来终究会得到的东西，不必在不合时宜的当下为之耗费心神。

三

这七年来除了活着，我唯一坚持下来的便是写作了。如果认真算起来的话，我从高一就开始写文章，看书则是更早以前了。在写作上面我是不吝惜时间的，它带给我精神上的满足，每完成一篇文章，它带给我的成就感会告诉我一切都值得。

梦想这东西，有时说多了自己都觉得不切实际。但我心里明白我还年轻，有足够的时间和梦想争斗，和现实争斗。今年生日的前两天我收到了人生中的第一本样刊。我还记得自己收到书时头脑一片空白，我看到一直以来坚持着的自己，我受过的误解和质疑，我的难过和苦楚，在那一刻都展现在眼前。那时我告诉自己，继续前进吧，哪怕前面是世界尽头。

因为自己租房子的缘故，我有绝对的自由。最近一个月，我习惯抱着师父的电脑去外面打字，从五楼下来，带着食物，坐在路旁的长椅上，与夜色对峙，像一个孤单的贼。我觉得没什么不好，没什么是坏的，也没有值不值得、难不难过，只是心甘情愿而已，我心甘情愿走在这样偏执的路上，而且越发坚定。

四

高中三年我养成许多强迫症般的习惯，比如无法离开音乐，如果不听歌就不出门。也开始讨厌人群，在吃饭的地方，在街上，永远塞着耳机。

我变得越来越没有安全感，不信人，似乎从心底认定幸运的不会是我而遭殃的必定是我。所以做任何事情我都抱有最坏的打算，长期处在崩溃的边缘。

长期以来习惯自卑和失望的我。

五

倘若再看看从前的自己留下的或好或坏的足迹，我知道该换个坦然的姿态了，也到了该明事理的时刻，但做起来有多困难也心知肚明。几年弹指一挥间，自己也变了模样，胡子刮了又长。有人说七年足以改变一个人的一生，相信与否都无可厚非，岁月终究由自己经历过来。

六年前我灰头土脸地来城里上学，与生活打个照面，梦想同众人一般光鲜。

五年前成绩开始上升，只是沉默无人理睬。那时候希望有一个朋友，一起畅谈未来。

四年前认识一个很好的朋友，眼下早已分离。

三年前面对清晨和夜色，像孤魂野鬼。

两年前认识她，眼下再无寒暄。

一年前走到尴尬路口，孤立无援，碰不得梦想，摸不得她的脸。

前些天胃病加重，习惯干呕，也习惯耳鸣，一杯白酒喝到吐。

仅仅是再看一眼，便也知道自己有多孤独。孤独地固执，孤独地坚信，孤独地自我同情自我安慰。

一晃几年就过去。

我能做的只是头也不回地走下去，继续成长，或许抱有更冷漠的心态，看平凡的自己，湮没于人海。

在下个七年，又七年，找到不孤独的自己。

希望。

背对着冬天

突然想起来，到昨天为止，我来济南已经整整两个月了。时间温柔地撕去日历，而具体作用在我身上的，仅仅体现在我之前染的头发已经褪色，以及眼下我看到关于黑龙江的消息时，会觉得万分亲切。

想来，我们也只有在脱离故乡的怀抱时，才会感到它的踏实与温暖。

这几天济南总是刮着大风，昼夜温差极大，让人有恍惚之感，似乎中午还停留在汗流浃背的夏季，晚上在街上便要裹着围巾快步行走了。

前几天和你聊天，言语之间带着分离两地之后的疏离感，仿佛那些从我们口中说出的话已经被哈尔滨的冰天雪地夺走了热度。最后，你还是说了句，照顾好自己，我在家这边等你回来。

彼时我正坐在阳台上。那天济南下着绵绵细雨，空气里漂浮着沁人心脾的冰凉。我顿觉十分想念你。我们一起走了那么久的路，没有名义却更让人踏实，因不需承担过多纷繁的责任，我承认我们都是懒得面对的人。眼下终于走到海阔天空，哪怕天不够蓝，海也总让我觉得颠簸，可总归是好的。生命接受了分离，才会更加学会懂得并珍惜自己和生活。

我的生活简单但却是我喜欢的：早上七点起床，偶尔吃早饭。想起高中时，你总是强迫我养好自己的胃，我们便在早自习吃着包子或其他，挑战学校的制度。然后我去上课，走在学校里的小路上，有时候会恍惚自己回到了苍茫冷清的冬季的黑龙江。

晚上我写写文章，或者看很多的书，最近痴迷于很多外国作家描写的苍凉的角色，觉得我们活得万分贫瘠，总觉得世界亏欠我们太多，伤春悲秋，没有生命的厚重感，不禁觉得愧对成长。

你总说我心里过于封闭，说我表面哗众取宠却难掩心里四面楚歌的境地。于是眼下我也加入了各种学生组织，时而作为学生会的记者写些新闻稿，体验规则的正式性，或者在网站发些心情文章，也渐渐地敢于在众人面前介绍自己了。

你也同样。从前我说你幼稚，当下我也学着穿正装在学校里开会了。也许一切的改变仅仅因为我们终于看清自己的存在——这个世界的残酷或者说生命的残酷在于，我们终究要习惯一个人的生活，没有人可以陪我们走过一生，而我们总是要学着不愧对年华，坚强地走下去。

这几年，我还是觉得你是少有的真正了解我的人。在外求学七年之久，父母想关心我也是无能为力，于是我逐渐试着照顾自己，在外乡匆忙地行进中，也不再对外人和盘托出几年的好坏。直到遇见你，你看我一眼，便知道我想说什么。我也便和你说起这几年的成长，说是成长，却始终觉得某部分依旧停留在我离家上学的那一年，比如自始至终的自卑感，比如天性的善良。有时候觉得几年过去，我换了一副高大的皮囊，懂得一些活着的道理，却再没有其他的收获了。

你问我为什么喜欢你，我说，就好像我走在街上，匆匆忙忙地看着脚下的路，为一个红灯思前想后，这时有一个同路人，愿意在这乱人心绪的匆匆中问一句"你累吗"，我抬抬头，便看见了悬在头顶的太阳，顿觉温暖。你就是那个同路人。

而眼下，哪怕是我们一个穿着棉服站在皑皑白雪里，一个还穿着短袖看一场球赛——隔着冷和热的距离，我还是觉得你就在我身边。

经历了那么多青春期的伤春悲秋无病呻吟，眼下突然感到来到一片空旷的海边。平静的，浩远的，一望无际的海面，让我陡生对未来的希望。

似乎从步入大学的一刻，我立刻知道了自己的价值。同龄人为梦想打拼，看在眼里，我便也开始悔恨自己曾经的不学无术。好在来日方长，有更多的时间让我学会重新审视曾误解的生活，并为之付出与努力。

我也终于在昏沉了高中之后，试着在学校的树林里看起晦涩的管理学，安静地练习英语听力，或者冷静地对待每一封退稿信。这些都是你希望看到的吧。

有作家说，我们手里握着的干干净净的初衷已经不多，所以要万分珍惜，因为未来我们还要向前走去。

我在十八岁生日的时候许下愿望，希望成年之后的我们可以更加坦然，同时对生命充满崇敬与激情，把轻松的留给生活，沉重的留给写作。在当下，尚不成熟的我，已经努力向希望中的自己前进了。纵然艰辛，纵然会遇到更加理直气壮的不理解，纵然失败与打击会纷至沓来，可我始终不会忘记，我十八岁时对自己郑重其事的承诺。

不知道济南的冬天会不会下雪，我总是感觉自己已经背对冬天了。这里的冬天似乎没有黑龙江的冷冽，相反依旧会暖得人充满希望，像梦想一样。

我知道，也许未来我们的相聚会越来越少，会为各自的生活奔波忙碌，我们会有各自的家庭与责任。即便这样，我依旧会记得我们仓皇的十几岁。年华这东西，陈旧了才觉得金光闪闪。我相信我们一起走过的岁月，会永远散发着暖人的芳香。

我不怎么期待济南的雪，也不知道黑龙江最近是否又下了雪。我只知道，走了十几年的路，我终于学会了背对冰凉的冬天，看着温暖的太阳。而在远方的你，要照顾好自己，我们还有更多的事要做，还有更多的未来，在不远处等着我们。

第四辑

岁月里的守望者

神的孩子在跳舞

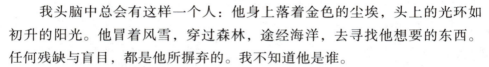

一

　　我头脑中总会有这样一个人：他身上落着金色的尘埃，头上的光环如初升的阳光。他冒着风雪，穿过森林，途经海洋，去寻找他想要的东西。任何残缺与盲目，都是他所摒弃的。我不知道他是谁。

　　最近看到一幅图片，画面是一整片茂密的向日葵。黄色的叶片是流动的激情，阳光随意地洒下来，如金色的瀑布流入花盘中。所有的向日葵全都面向阳光，虔诚真挚，仰望生命中必要的敬畏。棕色的土地波动着，满天的辉煌是充实的，在心里膨胀着，那些蓬勃的面孔好像有了结实的双腿，一直在奔跑，向着自由无悔的方向。

　　秋天还没有走远，冬日的气息便一步一步地贴近面庞。寒冷委派而来的战栗加快了人们前进的步伐。我不止一次地想过，倘若一年中只有冬季，那会是怎样的景象，人们也许会习惯寒冷，习惯颤抖，习惯白而苍茫的世界。人们怀念的该是曾经真实切肤的温暖。

二

　　我越来越惧怕黑夜的到来。在夜里，我的双眼失去了辨别事物的能力，流动在黑暗中的未知抓住了我的心脏，一丝响动都能触动敏感的神经。我开始高频率地失眠，闭紧双眼头脑还是异常清醒，我意欲用书和电影来唤起睡意，但无论是七堇年的散文还是《暮光之城》中的精致面孔都无法令我入睡。后来我习惯睁着眼睛，累了便睡了，翌日醒来是疲惫而无奈的。

　　我究竟是在惶恐什么？以往我是嗜睡的，轻松地闭上眼睛，醒来后便精神焕发。而今生活给我注入了兴奋剂，让我坚持清醒。时间终于关上了一扇沉重的门。尘埃激荡在空气中，像沙子揉进眼睛，酸涩得我不得安宁。我想到生活的种种困难，有些是必然的阻碍，令我兴奋或悲哀。兴奋是不该的，悲哀也是不该的，绝对的接受或拒绝都是对自身的伤害。坦然而实际地思考是第三条路。路旁是高大的乔木，阳光落在鸟的翅膀上。可我总是走不上那第三条路，目光产生了偏差抑或是头脑无法支配躯体令我痛心疾首。我知道困难是避不开的，它给我决绝或坚持的理由，走向更远的地方找更多的东西，但我还是无法握住闪动着金色的尘埃，路过千山万水，去无悔地选择、无畏地跋涉。

三

　　分离是让人痛苦的，如自身骨肉的剥离，减轻的重量转而压在心脏上，让呼吸都变得困难。岁月一层一层地剥落现实生活的墙，记忆是落下的尘土。

　　我该去想念那些远去的人，他们去了别的城市或离开了这个世界。我该时常刷新关于他们的回忆，而不是将其抛进角落，沾满被遗弃的灰。那些远走的人们，给过我充沛的雨水，给过我节日中温暖人心的蜜糖。

　　奶奶做的饭菜，大舅给的压岁钱，姐姐从山东带回来的散文，朋友节日发回的邮件，同学给的拥抱，一切都浸了幸福的染料，变得鲜艳而夺目，挡住了乌黑的光和迅疾的伤害。它们成了一种依赖和屏障，令我了解到生命中有那么多温暖的元素。

我想，我知道什么时候才能成为他人的守护，伟岸到屏住一片阴影，削弱外物的刺激。付出微笑令其温暖，让于己的满足绽开幸福的花朵。我越来越向往去挑战生命的承担，但我可供给的支持如今太微不足道。

四

我看到过流星，它像一滴眼泪，转瞬即逝地勾出一道弧线。只有在闭眼的瞬间，那飞快闪过的神圣憧憬装满了人们真诚的心愿。时光是强大的，赐予流星迅疾匆忙的身影。

我看着镜子里的自己，微笑时的皱纹是时间的脚印，胡子不听话地疯长，抹在脸上的泡沫软化了胡茬。小时候的自己和现今判若云泥，翻出照片对比，是两个完全不同的人。我怎么变了那么多，脱离了原来的轨迹，走向了另一个自己。那么，我们的样子何时才可不发生变化？岁月是魔术师，掀开了一页纸张，下一张总会是不同的地方。我们留不住时光，抓住的只是短暂的当下。

我开始不理解许多事情，说是反叛期又不尽然。为何理想是现实的眼中钉，而现实总用理想去抓住一些难堪的面孔？为何一切压力只可积在心中不可告知于人，增加不必要的负担？现实社会的行为准则限制了许多人的幻想，时光流过平野，留下同化的材料注入全身，开出了黑色的花。

五

"我全部的努力不过是为了完成普通的人生。"说这话的人的心境定是任何诗歌与音乐都无法描绘的。这个人将一切羁绊都踩在脚下，身体像是进入了洁净的云层，迎面扑来的气流解开了心结，那是一种舒适的感觉。

我走过一个又一个湖面，氤氲着或兴奋或悲哀的雾气。我爬上过山峰，跌落过山崖，雄伟的景象或身体的痛楚都存在记忆中。我看过许多人来时的样子，又注视过太多人离去的身影。我登上过舞台，却从未跳过舞。

六

二〇一二年，我该上大学了，走进成年的大门，肩膀也会延长宽度。我会走向更远的城市，面对更多的人。可能沿着人工河散步，集体春游时在帐篷中发信息，看见第一眼山顶的阳光时下意识地闭上眼睛。

二〇一六年，我会穿上沾满灰尘的毕业服，在面试时擦掉额头的汗，可能和谁分手或是又遇上了新的人。

再往后，我不敢去臆测了。未来未知如海啸，也许在我面前分叉出了不同的路，我却看不到路的尽头是怎样的景色，所以也不知道该拿出怎样的勇气去迈开双腿。我不敢再去将未来的生活加工得虚幻，如充斥着泡沫的世界，瓦解在丁点儿的压力之下。

小时候，我以为蓝色是天空永恒的外衣，白云比梦还要纯净，打错的积木可以拆了重来，弄脏的衣服会被洗干净。一切都是美好的，伤痛与追悔与我无关。真实与虚幻的界限被抹去，黑暗退出视线之外，我与幸福轻而易举地牵了手。

二〇一〇年，我顶着大风回到母校，被门卫拦截在外。与父母这么多年第一次争吵，双双受伤。理想被现实捂住了双眼，我卸下出发的装备。

现实的舞台上，理想的灯光打出人心承担的范围。高大的幕布，流动的光线，热闹的气氛，以及诚挚的欢呼，是舞者继续表演下去的动力。我站在舞台下面，脖子酸痛，双腿麻木。

神的孩子露出快乐的笑脸。

灯光投下了我的影子，像手撕的纸，毛砾砾的沙，粗糙的石子以及无奈的悲哀。

我不是神的孩子。

棱镜彩虹

　　我去给他拍照的时候，他正在垒球场上准备。他左手拿着垒球，蓄势待发，随后我看到一道白色的弧线，然后他站定，看着远处。

　　我和他很熟悉，住在同一宿舍，了解一个月，关于他的印象更多地体现在，他习惯早睡早起——俨然不像一个大学生该有的生活。同时他热爱运动：晨跑，在宿舍进行俯卧撑练习，或者打一套早在军训期间便惊艳全排的拳。这些不同之处都让人觉得，他和别人是不一样的。有位作家说过："人若不选择在集体中花好月圆，便显得形迹可疑。"当然在大学里，仅仅体现在，他不被大多数人理解，于是揶揄或者嘲弄也纷至沓来，但他的回应通常只是笑笑。单纯坚持某些爱好的人总能原谅自己在别人眼中的荒唐——毕竟坚持，作为自己忠贞不贰的守信就够了，不需要旁人的掌声。

　　我问他对比赛有什么期望，他想了一会儿，好像这样能掩饰我作为熟人对他访问的尴尬。他说没有过高期望，尽力就好。我拍拍他的肩膀说，加油。

　　想起之前，他向我们说起从前的运动经历。他获奖很多，让我们无比艳羡。当然也不免要提起其中的艰辛——每天累计举五百次哑铃，晚上去操场一圈圈地跑步。他说的时候带着时过境迁的坦然，但我理解其中的心酸。我们每个人，或多或少会对一些事情痴迷，带着奋不顾身的热度，觉得哭不寂寞，累不寂寞，输赢都不寂寞。

　　"输过很多次，也不觉得难过，因为人总要知道，一旦选择某件事，那么它在心里便有了无可厚非的地位，面对日后的成败也变得坦然。"他补充道。

　　比赛开始，他排在中间。我和他站在一旁看其他人比赛，垒球每抛出去，他都仔细地看。我不免要问，他对于别人的成绩怎么看。他说："有的很厉害，有的很差。"我说："那你觉得自己的成绩会处于哪个位置？"他又笑笑，憨厚又无奈，似乎我的问题对他来说很难回答。

"我处于不好不坏的位置吧。"他说，然后又开始看下一个选手比赛。

轮到他的时候，我挤在前面，对他说，别紧张，加油。他还是冲着我笑笑。

准备姿势，他一如既往地淡定，眉宇森然，然后迅速冲出去，又一道白色的弧线。我的视线跟随着那道白色。球落下，成绩中规中矩，他又看着我笑笑。

他走回我身边，吐吐舌头说："估计进不了决赛吧。"我说没关系，已经很好了。

我问："运动之于你算什么样的存在？"他依旧对我们之间正式的对话感到无奈。思考片刻，他说："我不怎么会形容，就像文字之于作家，风景之于摄影师。"

我理解了，点一下头。

"算理想吗？"我又问。

"算吧，不过说起来我的这个理想并不一定符合理想的定义——需要达到某种高度，头顶光环和荣耀。我只是觉得，对于运动，已经习惯了，只是戒不了的习惯，但我是百分百地热爱。"

他用了"百分百"这个词，然后他呼了一口长气，作为终于回答完问题的表示。

在他意料之中，没有进决赛，他看着进入决赛的人走向另一处，目光灼热，但丝毫没有嫉妒或者遗憾的意味。也许他已经觉得自己足够幸运，有生之年找到一个可以用来付出和坚持的信仰。"信仰"，我觉得是信仰吧，他似乎对这个过于文艺的词有点羞涩，对我不好意思地笑笑。

他离开赛场，依旧是兴奋又开心的状态，他说要去吃饭，要好好犒劳自己。

我说："这么早吃饭干吗？"

"要训练啊，当然要趁早。"然后我们互道再见，他加快脚步走开。我看着他的背影，只是普通人的背影，但在这一刻，却给我不小的冲击力。——这个世界总有一部分人，是不需要活在别人的目光里的，他们活在自己给自己的恩典里，活在自己的信仰中，我想他属于那部分人。

他总是习惯对人笑，这已经是他的标签——对生活笑，对外界的针锋相对笑，对自己的不遗余力笑。

他让我想起某本书上看到的话："人生是一次旅程，同样时间的旅程里，闭上眼睛再睁开眼睛看到的世界却不一样。"这是一句让人喜欢的话，像是一面棱镜，折射出了光线中的七彩颜色。我想，他正像是这棱镜中分解出的彩虹，它们合起来是闪耀的光，而透出的每一个颜色里，都有着属于自己的轨迹。

孤独无处诉

大概是在年纪更小的时候，我总是不住地诘问，生命的意义，以及其存在的某种属性，好像是，倘若弄清楚了，便可以更加无畏生命的好坏，并坚定地向前走，义无反顾。可我终究年轻，或者说生命的意义太难追寻，所以直到眼下，虽然似乎是更成熟了一些，还是弄不懂从前疑惑的、苦苦探索的意义何在。

对于《百年孤独》这部被人们津津乐道的名著，魔幻现实主义的代表作，加西亚·马尔克斯进入大众视线最完美的代表，我熟知的只有这些。而似乎印象之中被贴了以上标签的多半是难以理解的深奥之作，或者因为心里早已认定，自己是断然看不懂的。这样的书只有具有一定深度的人才能了解其奥秘，毕竟我们太年轻。

这本书真正读起来，果然很艰难，多半由于其魔幻现实色彩太过浓重，而与中国的大部分书籍区别很大。毕竟在国内，我们可以接触到的魔幻现实主义作家，也只有刚刚荣获诺贝尔文学奖的莫言了吧。不得不承认有很多内容我无法理解消化，不过这并不影响我对它的感知。

这本书为人熟知的一句话便是开头："许多年以后，面对行刑队，奥雷良诺·布恩迪亚上校准会想起他父亲带他去看冰块的那个遥远的下午。"仔细揣摩，这句话之所以成为经典，必然是因为它连接了过去现在和未来，似乎是在开头便阐明了，孤独，这一亘古不变的感觉，是存在于人世、存在于世界的永恒不变的主题。

整本书弥漫着孤独荒诞的色彩。布恩迪亚家族的所有人看似和睦，实则对彼此漠不关心，于是最后整个家族的破灭也在意料之中。

一本书的意义，大概是，作为一个切口，让我们借由这个切口去看清世界，而看清的程度便是因人而异了。

谈起孤独，我早些年的的确确矫情地觉得自己万分孤独，不久之后方才明白，大概是因为年纪小，而把孤独和寂寞混为一谈。寂寞是心灵的空虚，而孤独则是人固有的属性。人类这个群体是强大的，但分开来看便又是脆弱的。每个人都孤独，这是毋庸置疑的，这种孤独并不是矫情的伤春悲秋。每个人都有自己的世界，这其中必然存在着旁人无法理解的部分，而你不得不在众人的肯定或者猜忌中继续坚持，从某种意义来说，这种孤立无援的状态便是孤独的。另外，其实这个世界上，没有人可以伴你一生。你要面对欣喜，面对哀愁，其实又都是旁人无法分享分担的。可你还是要坦然地面对离别，面对你的世界，面对一个人的尴尬境地，走下去，以笑着的姿态，这也是孤独。

有人说孤独的人是可耻的，其实不然。孤独既然作为人类的属性，看清它，认识到自己的孤独，便了解了最真实的自己。这样来说，便可以原谅自己的偶尔脆弱，原谅自己的某一部分荒唐，不至于懊悔。

成长这么多年，我有过难过与哀愁，从前或许觉得可耻，眼下却觉得那是人成长必然要走的路。那时必然有寂寞，但也有孤独。人在年轻的时候，总是觉得自己孤立无援，这也许是因为，当你第一次面对这个世界，面对学业的选择，面对感情的得失，你的孤独就被唤醒了，它提醒你，这些好的坏的，你都要自己来决定，它提醒你，这个世界从现在开始是你的了，所以你要权衡利弊，还要兼顾着家人，所以你不得不慎重，所以觉得进退两难，煎熬。从那个时候起，你的孤独开启了通往成年的大门，那扇门开着，进去的代价是你要尝尽孤独的滋味，如此这般才能有足够的筹码与这个不算公平的世界抗衡。

　　所以一旦了解到孤独是人的本能，就会知道，孤独是没有办法倾诉的。你没有办法排遣，没有办法说出口，即便说出口，外人也未必理解你的世界。

　　当你下一次觉得难过、觉得伤心时，那么就先仔细想想，究竟是因为寂寞，还是因为孤独。如果寂寞，就找到自己该做的事。如果孤独，那恭喜你，你经历过这些之后，会得到成长。

　　那么从今往后，来日方长，有更多的事要去经历，别把你的孤独说出来，让它默默地存在，我们要做的，也只是迎接被洗礼后更加完美的自己。

长日无尽

　　近日来，我总觉得辨分不清时间的轮廓，总以为过往的岁月触手可及，也深感未来过分清晰。实际上，我仍处于中间点这样一个尴尬的位置，站在青黄不接的路口，悲伤的表情丝丝入扣，内心却仍旧汹涌。时间似一场骗局，我被蒙在鼓里，找不到证据。既定的事实令我讶异，我按图索骥依旧看不见时光的源头。时光的支流错综复杂，恍惚之际，生命的大船正顺流而下，一惊一乍的水花都带有我无法参透的虚幻，仿若，时间步步为营。

　　我问你，我既然无法令河水逆流，那找些蒙昧的证据，囫囵地猜想以此来博得自我安慰，算不算一种好方法。

　　你也许窥知我面容，但若非我首肯，你无法看见我面具之下的血肉。我总可以将自己伪装，刻意地放大优点或缺陷，以此，旁人会对我欣赏或厌烦或敬畏。我不在乎代价，因为人的真我其实并未存在，那仅是人追逐或是堕落的理由。我不会怪罪自己，因为换来的是另一种乐趣，由此我便看见人们无法掩饰的欲望。旁人的欲望达成了我的欲望，当然，我相信，总会有人在我背后窃笑。

我总摆出一种坚强的表情，它将喜怒哀乐深埋于真正的血肉里。你定可想象我的相貌。人说我让人感觉很冷，不易接近；人说我将高傲视为标志。所言极是，我只是嵌一处碉堡于体内，重重阻隔，即便它会风化但依旧摄人心神。

我只是惧怕一切恶意的攻击，同时却失去了善意的温暖，我不计算得与失，只知道生活从身上碾过，表情如故。

圣诞的午后，收到礼物和信，我裹紧衣服读完，手指通红，心如刀绞。只我一人面临这诀别。我摘掉耳机，蹲下去。我知道我的眼睛定是红了的，我知道路人的目光犀利如刀，我知道脚下发黑的雪定会弄脏我的衣服。

你也许会同情我，我不在意。那日我随后站起身，又戴上耳机，耳机里的音乐令我安心。我抱着大盒子走过街道，穿过汹涌的人群，我买了厚手套，我安静地吃了饭，手暖和过来。一切如故。

别说我冷血，别说我无情，我真正的情愫只是不易显露而已。经过生活的洗练，我更像是懂得了踌躇与羞耻，再不敢做令人嘲笑之事，我总以为一切丑事都是证词，有朝一日它们会找上门来，扰得生活不得安宁。当然，你可固守你的直白，也可以忽略所有善意的欺骗，哪怕它们的矛头千奇百怪。你可以相信自己会改变一切，也可以无畏地跋涉。可我做不到。我无法容忍所有面相虚假的嘴脸，我无法认同所谓的人定胜天，我不会相信有人会刻在我生命的石碑上多年无恙，我已不会徒劳地去恪守理想生活的准则。我只求自知，甚至是自怜，因最终呼吸停止的刹那只有自己体会得到。

我多像一只螺，用错杂的壳将一小块儿温存封闭，长久地禁锢。有人会嘲笑我的懦弱与矫情，有人会无闲顾之，视而不见，我也相信有人会听一听我的声响。

元旦前回家，我坐在拥挤的车里，耳朵塞着耳机。车的玻璃全部结冰了，将人与外面隔离。我不想被压抑吞没，便用力地听着耳朵里的音乐，最后下车时恍如隔世。

三个月没回家，一切无恙。大雪覆盖了每一条道路，白茫茫一片，平房都戴上了白帽子，将惨烈的日光送回天空。目之所及的一片茫茫令我眩晕，仿若我是初次来到这里。"一别经年，音容渺茫"有些过分，但确是有些无措。到了家门口，我才缓过神来，如同大梦初醒。

父母很好，一切都很好。夜晚，同母亲一同看跨年演唱会，兴致正浓时，电视频道突然出了故障，影像都卡住了。无奈只得睡觉，午夜十一点，我听着音乐，四周平静，呼吸声成了唯一的声响。

只想，一年又快过去了，有太久没这样去在乎时间了。

很多年来的前行都带着盲目的情绪，无所谓路途，只在乎终点，急不可待的期望日益明显，甚至无法支配目光，去看看身旁的风景。如此过去一年又一年，才料到我度过的只是时间。

我不想再向你牵扯出太多对过往的描述，它们的存在只是为了印证新旧交替确为快感。我只觉自己又老了许多，一个又一个执念被放弃，一个又一个深奥的道理纷至沓来，我成了深谙世事却又逃避它们的隐士了。

别说我前后判若两人，我不相信人改变的过程中有明显的分水岭，一切在不知不觉中发生的变化才最有说服力。你看，我总有那么多自以为是的道理。我总说"我以为"、"我相信"、"我会"、"我不会"。

姐即将大学毕业，不知未来何去何从。她处于忙乱无措之中，只得平静下来，迎接毕业。

四年前她笑着说，以后有很多工作可以做，比如翻译。

两年前她选择了专攻教育，日后做老师。

这之前她提出学酒店管理的想法。

很多年前，她张扬地说日后如何挣大钱，现今她只想安定地立于人世。

现实，我不得不触及它，你知道，我无论怎样曲折地前进，最终都会与它交锋，是它穷追不舍，或是我冥冥之中去寻找它。

就像，我一个人生活；就像，我放弃文科。就像，我成了一只螺。

我不想当所谓的愤青，最后搬起石头砸自己的脚，恬不知耻地以现实的姿态去抨击现实。我自知我所谓的幻想会被现实吞没，我自知也许脚步会更加稳重，我明白我会变得粗俗，我了解，我的螺壳只是越来越厚，而温存越来越少。

我想你肯定讨厌这种态度，这完全悖于你的世界观，这很软弱，这很肤浅，这很无知。但你要知道，你对人生的理解无法成全我的生命，我的认知和见地也不是你所能掌控的。

漫漫长日，不可分担，望眼深渊，压力与恐惧只可一人分担。

我所谓的面具只是我的一种回应，压力与恐惧只可一人承担对峙。

我所谓的坚强只够聊以自慰，你握住的随性是你的勋章。

我一切的执念都在改变与发展，你的梦想由你实现。

犹记我听的歌，有人在唱："我一直在奔跑，很努力在奔跑，没什么大不了，我是我的骄傲。"

我也许会碰见你，于某个街角路口，转过身来，也只是由你我选择，我们是不是彼此的陌生人。

岁月里的守望者

一个月前的某一天，晚上七点我在济南下火车，热气扑面而来，而黑龙江这个时候天气应该没有热度了，热度早就被黑压压的夜色压得没有立锥之地了。我感觉汗珠从皮肤上渗出来，密密麻麻的。而一个月之后的今天，我已经习惯顶着太阳快速地走在路上，面不改色，俨然适应了所有的陌生和不适。至于家，我只有在夜深人静的时候任思绪夜夜归来。

中秋节我没有回家，因为距离太远，也因为不想折腾自己。在外求学已经是第七年了，不得不承认，有时候我对于家的感情没有小时候那样深，或许人本身就是流浪的生物，在岁月中逐渐开始淡漠对前一站的感情，在年老后反复回忆。

生活在农村的老一辈的人对中秋尤其看重，似乎他们了解到，有生之年，和亲人团聚的机会会越来越少，生命的信件终将以分离的收口终结。小的时候啊，中秋节特别热闹，所有的亲戚聚在一起，吃着自己做的月饼。那时候的月饼虽说不如眼下的月饼那般新奇，但绝对更有团聚温暖的味道，时至今日，在农村也没有那样的月饼了，整个时代都慢慢地失去了一种心情——少有人再愿意付出精力去追回曾经的美好。

人们聚在一起吃饭，打牌，或者仅仅是聊天。孩子们玩耍，大人们欢笑。岁月漫长，人们顶着头顶蔚蓝的天空，依靠着黄土地和低矮的平房，度过了每一个相聚的日子。生命没有大海河流般的波澜壮阔，也不可歌可泣，只是平平淡淡地驶过同样平静的流年，坦然如审视万物的太阳。

我们都明白的道理——我们这一生，终究还是要徘徊在越来越多陌生的地方，工作也好，旅行也罢，你会发现曾经生命中最温暖的平房，早成了生命布匹上织好的一寸，它只供回忆和欣赏，而你不得不在漫长的岁月中习惯跋涉，并把这种跋涉当作成长。

因此我总是告诉自己，向前走吧，但别忘了还有一个地方，那里依旧烟云缭绕，那里依旧怀抱你的童年，依旧生生不息地哺育着你的根。

我很久之前为杂志写过一个关于幸福感的专题，那时候我说，幸福就是和家人在颠簸的岁月中看到静谧的关怀，懂得原谅，学会爱。而眼下依旧不算成熟的今天，哪怕走过的路不算长，跌倒得不算重，也越来越确定，这个世界上，只有家，可以随时拥抱我，拂去我身上的风尘。而家人，是岁月里忠诚的守望者，守望我的理想，我的坚强以及我的未来。

父母已年至半百，岁月给了他们坦然也给了他们白发。他们也逐渐意识到自己在老去，风华不如当年。姐姐已工作，同样奔波。今年的中秋我们两个都没有回去，所以只留下父母守在家里。其实一直以来我们都知道，哪怕他们嘴上说着"不想念，回不来就算了"，他们其实还是盼望着，看见一家人团坐的模样。

仔细想想，一年之中，我们全家可以吃上一顿团圆饭的时候，大概只有过年了吧。有时候想想，这个世界上最让人伤心的话是"子欲养而亲不待"。我们还有多少次可以团聚的时光？时间快马加鞭地往前赶，我们四散各地，生命的无情在于，没有一个人，可以陪你完整地走过一生，而你注定还是要坚强地笑下去。

　　二〇〇五年的时候，我第一次去城里念书，当时幼稚、胆怯，想逃避也想挑战，生活对我来说是一片危险丛生的森林。那时候我盼望回家，因为只有家，可以抚慰慌张的心。

　　二〇〇九年我考上市里最好的高中，经历不成熟的感情，自负又患得患失，有低谷有高潮。那时候盼望回家，仅仅因为，家，不会问我那么多为什么。

　　眼下，生命中的第一个转折点，有对陌生环境的不适应，有对未来的忐忑，有对自己能力的怀疑。这个时候，我想回家，想看看那些一如既往爱我的人们，我知道，只有他们，会原谅我的所有胆怯，会告诉我，我是最好的。

　　总有一天我要归根吧，回到怀抱我的土地上，安宁得像是一个微笑，而那时我必将无比坦然，遥望着田地和天空，像最初那样。